MUSÉE

DES

ARCHIVES NATIONALES

SOCIÉTÉ ANONYME D'IMPRIMERIE DE VILLEFRANCHE-DE-ROUERGUE
Jules Bardoux, Directeur.

CATALOGUE SOMMAIRE

DU

MUSÉE

DES

ARCHIVES NATIONALES

PRÉCÉDÉ D'UNE

NOTICE HISTORIQUE SUR LE PALAIS DES ARCHIVES

PAR

JULES GUIFFREY

AVEC GRAVURES ET FAC-SIMILÉS

PARIS

LIBRAIRIE CH. DELAGRAVE

15, RUE SOUFFLOT, 15

—

1893

LES
ARCHIVES NATIONALES

1

LE PALAIS

Les vastes bâtiments occupés depuis près d'un siècle par les Archives générales de France furent construits et habités autrefois par d'illustres personnages dont le nom se trouve intimement lié aux plus grands événements de l'histoire.

Sur la rue des Archives, appelée naguère rue du Chaume, nom qu'elle a gardé pendant des siècles, deux tourelles, placées en encorbellement de chaque côté d'une porte avec arcade surbaissée, défendaient autrefois l'accès de l'hôtel d'Olivier de Clisson, le compagnon d'armes de Duguesclin et son successeur dans la dignité de connétable de France.

Hôtel d'Olivier de Clisson. — En l'an 1370, le roi Charles V, voulant récompenser les éclatants services du vaillant capitaine, lui octroyait une somme de quatre mille livres pour lui permettre d'acquérir une demeure à Paris. Cette libéralité fut renouvelée l'année suivante. C'était à peu près l'époque où Duguesclin venait, lui aussi, fixer sa résidence dans une maison de la rue du Temple, dont une découverte récente a permis de déterminer exactement l'emplacement.

L'hôtel d'Olivier de Clisson s'élevait à l'angle du carrefour formé par la rue du Chaume, la rue de Braque et la rue de la Roche, aujourd'hui disparue et formant jadis le prolongement de la précédente. Cette situation explique comment l'entrée de l'hôtel se trouve en pan coupé vis-à-vis la rue de Braque.

De cette demeure seigneuriale il ne subsiste plus que la porte flanquée de deux tourelles et munie de tout l'appareil de défense alors usité. Ce bâtiment vénérable est unique à Paris; il n'existe en effet aucun autre vestige de l'architecture civile du xive siècle. La tour des ducs de Bourgogne, la tourelle de la rue des Francs-Bourgeois, à l'angle de la rue Vieille-du-Temple, sont, on le sait, d'une époque postérieure.

L'entrée de la demeure du connétable a subi depuis quatre siècles de nombreux remaniements et d'importantes restaurations. C'est merveille qu'elle ait été épargnée quand l'hôtel, devenu la propriété d'autres familles puissantes et riches, fut reconstruit de fond en comble au xvie puis au xviiie siècle, d'abord par les ducs de Guise, et ensuite par les princes de Soubise.

La restauration la plus récente remonte à 1847; son auteur s'est attaché à rendre au vénérable témoin des luttes de la guerre de Cent ans son primitif aspect. A cette époque la porte fut débarrassée des constructions parasites qui l'enserraient et la cachaient à moitié; on lui restitua une partie de son ancienne décoration en respectant soigneusement le style du xive siècle [1]. On découvrit alors et on raviva les couleurs des armoiries qui rappellent le séjour des Guise; la devise *Pour ce qui me plect,* reliant deux écussons gravés dans la pierre, a été ajoutée, ainsi que les écussons, afin de conserver la mémoire du premier habitant. L'un de ces écussons porte les armes de Clisson, l'autre est décoré d'un semis d'M, signe mystérieux dont la signification n'a jamais été clairement déterminée et que le vaillant guerrier se

---

1. Voyez *la Porte de l'hôtel Clisson,* par Jules Quicherat (*Revue archéologique,* 1847, t. IV, p. 766). Cet article a été tiré à part. Les planches qui l'accompagnent sont de M. Lelong, architecte du palais Soubise, et auteur de la restauration.

Ancienne porte d'entrée de l'hôtel de Clisson.

1.

plaisait à répéter sur ses cachets comme dans toutes les décorations intérieures de son habitation.

La tourelle de droite avait été noyée en partie dans la maçonnerie de la façade actuelle; mais la tourelle de gauche a conservé son ancien aspect. On voit encore, dans une salle placée derrière la porte condamnée, des colonnettes engagées à l'angle des piliers qui soutiennent l'étage supérieur.

Olivier de Clisson meurt en 1407, sans laisser d'héritier mâle. L'aînée de ses filles, mariée au vicomte de Rohan, porte l'hôtel seigneurial de la rue du Chaume dans cette puissante famille, aux descendants de laquelle elle devait faire retour trois siècles plus tard. Les Anglais confisquent la demeure de Clisson pendant l'occupation de Paris; elle passe ensuite par alliance dans la maison d'Albret, et devient, vers la fin du xve siècle, à la suite d'une vente, la propriété d'un bourgeois nommé Jean Malaisié. Mais le roi de Navarre, fils du comte d'Albret, exerce le droit de retrait lignager contre Jean Malaisié, et l'acquéreur est obligé de consentir, devant le Châtelet de Paris, l'abandon de sa propriété contre un simple droit d'usufruit.

Après diverses vicissitudes, la demeure de Clisson fut acquise, en 1529, par Philbert Babou de la Bourdaisière, surintendant des finances; puis elle passa, en 1553, dans la puissante maison des Guise.

Hôtel de Guise. — Le 14 juin 1553, Anne d'Este, femme de François de Lorraine, duc de Guise, le défenseur de Metz et le conquérant de Calais, achetait, au prix de seize mille livres, l'ancienne habitation de Clisson. L'hôtel portait encore le nom glorieux de son premier possesseur, comme le prouve une lettre du duc au Bureau de la ville de Paris pour demander le rétablissement d'une conduite alimentant, suivant ses propres expressions, « la fontaine de sa maison de Clichon ». Dans le cours des années suivantes, différents membres de la famille signèrent certaines conventions assez compliquées, qu'on a cherché à expliquer par la nécessité où se trouvait le grand seigneur chargé de dettes, de soustraire une partie de ses biens, et surtout sa résidence parisienne, aux poursuites de ses créanciers. En effet, trois ans après leur acquisition, le duc et la duchesse de Guise faisaient abandon de leur propriété au cardinal de Lorraine. Ce dernier, à son tour, renonçait à la donation en faveur de l'aîné de la maison, le prince de Joinville. En même temps, le cardinal joignait à la demeure d'Olivier de Clisson l'hôtel contigu de Guy de Laval, situé à l'angle des rues du Chaume et de Paradis, vendu par un conseiller au Parlement de Paris.

A la suite de ces négociations furent édifiées les constructions qui ont subsisté jusqu'à nos jours dans leur distribution générale. Sans doute, la demeure des Guise a été considérablement remaniée au XVIIIᵉ siècle. Les Soubise ont modifié de fond en comble les appartements. Toutefois, il subsiste encore des restes considérables de l'édifice du XVIᵉ siècle.

Autant qu'il est possible d'en juger par les plans de Paris publiés dans le cours du règne de Louis XIV[1], alors que l'hôtel des Guise n'avait encore reçu aucune atteinte, la façade principale s'élevait sur la rue du Chaume. De cette façade partaient deux ailes, l'une en alignement sur la rue des Quatre-Fils, entourant une grande cour carrée derrière laquelle s'étendaient de vastes jardins. On a vu tomber récemment, au début du siège de 1871, ces massives murailles qui dataient du XVIᵉ siècle. Dans un des angles du bâtiment récemment construit sur leur emplacement a été soigneusement respecté un escalier fort élégant, dont la rampe en fer porte encore, comme principal motif de décoration, la double croix de Lorraine. C'est le seul détail intérieur qui ait gardé le souvenir des propriétaires du XVIᵉ siècle.

1. Plans de Gomboust (1652), de Jouvin de Rochefort (1672), de Bullet et Blondel (1676).

La porte de l'hôtel de Clisson, flanquée de ses deux
tourelles, se distingue très nettement sur les plus anciens plans gravés de Paris. A la suite de la tourelle de

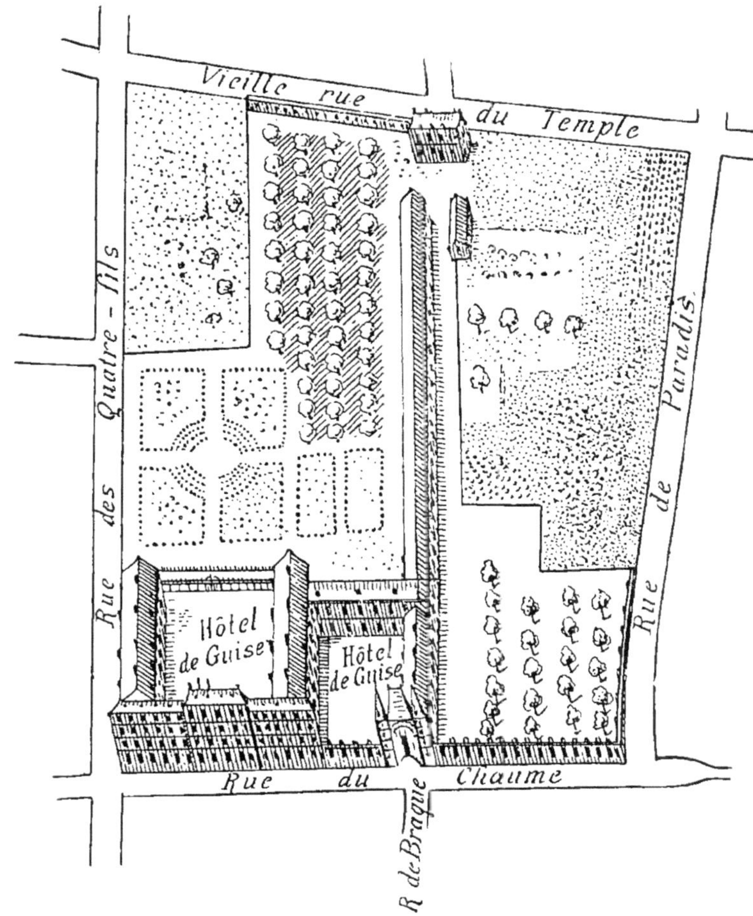

Hôtel de Guise d'après le plan de Gomboust.

droite se voit l'aile devenue la façade principale des
Archives nationales ; là se trouvait la chapelle. Ce bâtiment se reliait au corps de logis central par une construction parallèle à la rue du Chaume qui existe encore
et où furent installés les appartements du prince et de
la princesse de Soubise.

Ainsi, une partie de la façade actuelle, le bâtiment perpendiculaire à cette façade et les constructions en retour vers la rue du Chaume, sur la cour dite des Marronniers, remontent à la seconde moitié du xvi⁵ siècle.

On montrait naguère, à l'angle de la rue du Chaume et de celle des Quatre-Fils, en face de la fontaine des Haudriettes, au second étage des sombres murailles démolies pendant le siège de 1870, une haute fenêtre de laquelle le duc Henri de Guise aurait fait précipiter, suivant une légende fort répandue, Saint-Mégrin, l'amant de sa femme[1].

Pour agrandir leur palais princier, les Guise avaient acquis l'hôtel de la Roche-Guyon, construit en façade sur cette rue de la Roche formant, comme on l'a dit, le prolongement de la rue de Braque. L'hôtel de la Roche-Guyon fut rasé pour faire place aux dépendances de l'hôtel de Guise, qui se trouvait ainsi isolé de tous côtés par les quatre rues du Chaume, des Quatre-Fils, Vieille-du-Temple et de la Roche. Toutefois, cette dernière paraît avoir disparu de bonne heure. Sur les plans du xvii⁵ siècle, un mur partant de la tourelle près la porte d'entrée va jusqu'à la rue de Paradis et suit cette voie sur un assez long parcours.

La grande cour du midi, sur la rue de Paradis, était plantée d'arbres et servait de manège et de potager.

La place manque ici pour donner une idée des magnificences que les princes lorrains avaient accumulées dans leur demeure. Sauval a vanté les peintures de la chapelle exécutées par le Primatice, et la décoration des appartements de la duchesse, confiée à Nicolo del Abbate. D'après cet historien, on voyait dans la chapelle une Vierge de Raphael. « Les tapisseries, ajoute-t-il, sont, après celles du Louvre et du Vatican, les plus belles du monde et les plus estimées de la chrétienté ; les cou-

---

1. C'est l'incident dramatique qui sert de dénouement au drame d'Alexandre Dumas : *Henri III et sa cour.*

leurs en sont plus nettes, mieux choisies et conservées que celles du Louvre, et ont été exécutées par un tapissier plus savant et meilleur dessinateur. »

Ces tentures fameuses représentaient les *Chasses de Maximilien,* sujet bien connu, composé par Bernard Van Orley et vingt fois remis sur le métier dans les ateliers de Bruxelles, presque toujours avec des rehauts de fil d'argent doré. La réputation des tapisseries de l'hôtel de Guise était telle que les Chasses de Maximilien sont parfois désignées sous le nom de *Chasses de Guise,* sans autre explication plausible de cette substitution que la présence d'un exemplaire hors ligne de la tenture des Chasses dans la demeure des princes lorrains.

Après le drame du château de Blois, les descendants du duc de Guise conservèrent leur hôtel jusqu'à la fin du XVIIe siècle. L'ancre qu'on voit sur l'écusson placé au-dessus de la porte, entre les tourelles, rappelle la charge d'amiral occupée par le fils aîné du Balafré. Cette puissante famille s'éteignit en la personne de Marie de Lorraine, connue sous le nom de Mlle de Guise, morte en 1688.

La liquidation de la succession exigea de longues procédures. Les créanciers étaient nombreux; les oppositions surgirent de tous côtés. Ainsi s'expliquent les longs retards apportés à la vente de l'hôtel de la rue du Chaume. Le 29 janvier 1704 seulement, l'hôtel de Guise était définitivement adjugé pour la somme de trois cent vingt-six mille livres à François de Rohan, prince de Soubise, duc de Fontenay, lieutenant général des armées du Roi, gouverneur des provinces de Champagne et de Brie.

Dans la description sommaire de la propriété mise en vente, il est fait mention « d'une grande place, appelée le maneige, faisant l'encoignure des rues du Chaume et de Paradis ». C'est l'emplacement occupé aujourd'hui par la cour d'honneur.

Les vastes dépendances de l'hôtel abritaient de nom-

breux commensaux ; ceux-ci conservèrent leur logement
jusqu'à l'acquisition du prince de Soubise. Sur un plan
manuscrit conservé au cabinet des Estampes et portant
la date de 1697, est indiqué l'appartement occupé par le
fameux collectionneur Gaignières. Gaignières était logé
près des écuries, le long de la rue de la Roche. D'autres
chambres portent les noms de MM. d'Amades, de Les-
sart, Gourdon, Champenois, Mercier, etc. C'étaient vrai-
semblablement d'anciens officiers ou employés de la
maison de Guise, qui continuèrent à jouir de ces locaux
jusqu'à la prise de possession du nouveau proprié-
taire.

Le plus illustre de ces hôtes aurait été, d'après Talle-
mant des Réaux, l'auteur du *Cid* lui-même. « Corneille
a trouvé moyen d'avoir une chambre à l'hôtel de Guise, »
dit l'auteur des *Historiettes*. Ce serait vers 1665, lors de
la composition de la tragédie d'*Othon,* que les Guise
auraient donné l'hospitalité au glorieux vieillard.

Hôtel de Soubise. — Le prince de Soubise possédait
une fortune considérable. Les *Mémoires* de Saint-Simon
s'étendent complaisamment sur l'origine scandaleuse
de cette opulence. Le passage suivant, relatif aux derniers moments de la princesse, édifiera suffisamment le
lecteur sur les causes attribuées à cette prospérité :

« Il fallut demeurer chez elle les deux dernières années de sa vie, à pourrir sur les meubles les plus précieux, au fond de ce vaste et superbe hôtel de Guise qui,
d'achat ou d'embellissements et d'augmentations, leur
revient à plusieurs millions. — Elle mourut à soixante
et un ans, le dimanche matin 3 février (1709), laissant
la maison de la cour la plus riche et la plus grandement
établie, ouvrage dû tout entier à sa beauté et à l'usage
qu'elle en avoit su tirer. »

Aussitôt après son acquisition, le prince de Soubise [1]

---

1. L'hôtel fut successivement habité par François de Rohan,
prince de Soubise (né en 1631, mort en 1712); Hercule-Mériadec,

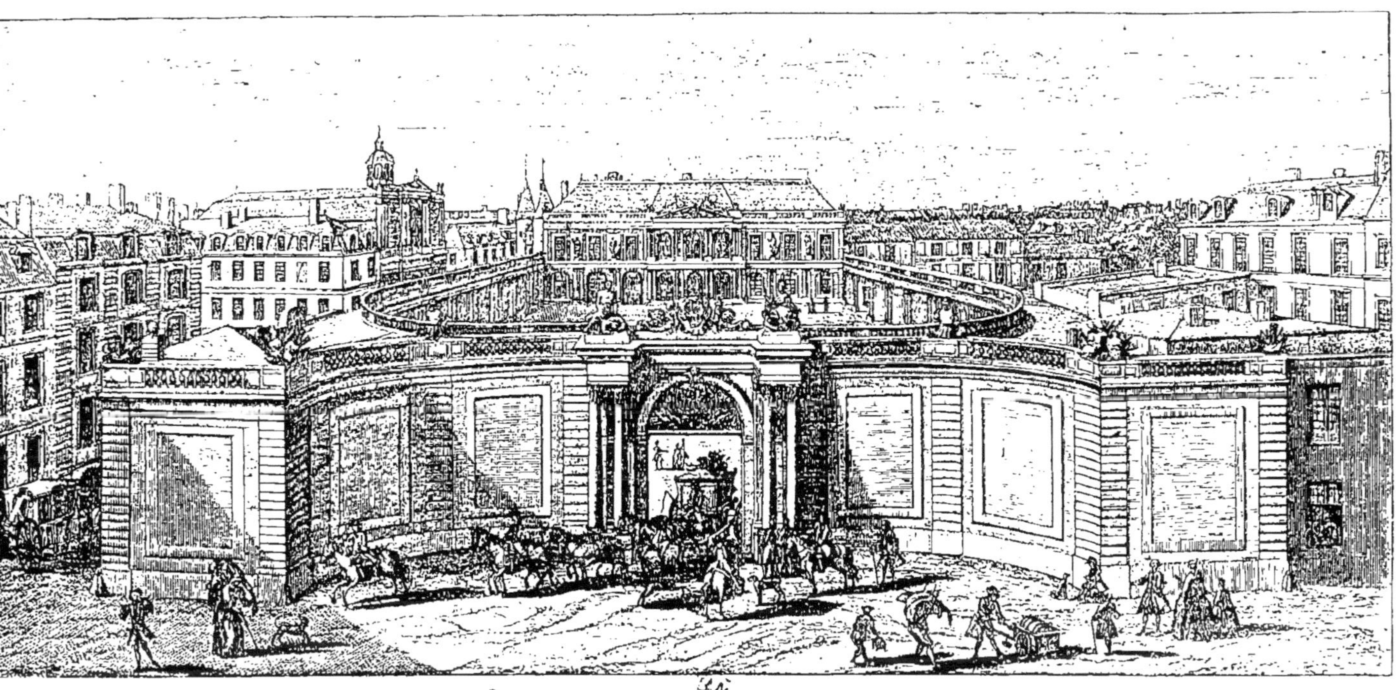

Vue de la façade principale de l'hôtel Soubise vers 1730, d'après la gravure de J.-B. Rigaud.

fit transformer de fond en comble le vieux palais des
Guise. L'architecte chargé de cet important travail,
nommé Pierre-Alexis Delamair, est peu connu, bien
que la conception de la façade principale et de la cour
en fer à cheval qui l'encadre si majestueusement fasse
grand honneur à ses talents.

Tout d'abord une grosse difficulté se présentait. Malgré son crédit, le prince de Soubise n'avait pu obtenir
de l'autorité royale la suppression de la rue de la Roche,
qui traversait les dépendances de l'immeuble. La seule
concession faite à ses instances fut la permission de
fermer de nuit le passage allant de la rue du Chaume à
la vieille rue du Temple. Pendant le jour, la porte de-
meurait ouverte pour donner passage aux habitants du
quartier. Cette servitude gênante exerça une influence
prépondérante sur le plan définitivement adopté et dont
on admire encore l'heureuse conception.

La façade qui suivait auparavant l'alignement de la
rue du Chaume, fut reportée du côté de la rue de Paradis, aujourd'hui rue des Francs-Bourgeois. L'ancien
manège de l'hôtel devint la cour d'honneur ; l'aspect
général y gagna singulièrement. Cette heureuse com-
binaison appartient à Delamair ; il la revendique, avec
preuves à l'appui, dans divers Mémoires manuscrits exis-
tant encore. Si la haute direction de la décoration intérieure des appartements lui échappa peu après, il
convient de reconnaître que le plan d'ensemble est son
œuvre.

Comme on l'a dit, les constructions du xvie siècle furent respectées dans leurs dispositions essentielles.

duc de Rohan, fils du précédent (1669-1749) ; Jules-François-Louis
de Rohan, prince de Soubise (1697-1724); Charles de Rohan, prince
de Maubuisson, puis de Soubise, maréchal de France (1715-1787).
Ce dernier était, on le voit, arrière-petit-fils de l'acquéreur de l'hôtel. La seigneurie de Clisson, coïncidence curieuse, appartenait
encore, au xviiie siècle, à la maison de Rohan-Soubise. (*Inventaire
après décès du prince de Soubise.*)

Les gros murs étaient solides; on les utilisa. Les tourelles du xiv⁰ siècle restèrent debout; on se contenta d'entamer un peu celle de droite pour la ramener à l'alignement de la façade.

Ce respect du passé ne pouvait s'étendre aux aménagements intérieurs. Le rez-de-chaussée reçut une nouvelle distribution et devint l'habitation du prince, le premier étage étant réservé à la princesse. Les deux chambres à coucher étaient situées l'une au-dessus de l'autre, après une enfilade d'antichambres et de cabinets, immédiatement avant les deux salons ovales qui nous ont conservé un des modèles les plus admirés de l'art décoratif du xviii⁰ siècle.

Ces salons, si justement célèbres, n'existaient pas dans le plan primitif. A l'origine, l'architecte avait placé les portes de communication au milieu des pièces, en face de l'entrée principale. L'addition du salon ovale, imaginée par Germain Boffrand, qui supplanta de bonne heure Delamair, entraîna la modification du plan. Les portes furent ouvertes près des fenêtres, pour aboutir dans l'axe du salon ovale. C'est la disposition qui existe encore.

Tous les historiens et guides du xviii⁰ siècle vantent à l'envi les magnificences du palais Soubise, un des plus vastes et des plus somptueux de la capitale. Les maîtres les plus habiles, peintres, sculpteurs, décorateurs, avaient été appelés à concourir à son ornementation intérieure et extérieure.

Dans le tympan du fronton surmonté de deux figures à demi couchées, Robert Le Lorrain avait taillé l'écusson des Rohan-Soubise. La balustrade formant le couronnement de la façade était interrompue par quatre groupes d'enfants symbolisant les Génies des Arts. Entre les fenêtres du premier étage quatre statues allégoriques représentaient les Saisons. Ces figures existent encore; mais, exposées aux intempéries de l'air depuis près de deux siècles, elles menacent ruine.

Chambre à coucher du prince de Soubise, d'après Germain Boffrand.

La façade, comme les portiques latéraux, est décorée
de colonnes composites accouplées et posées sur des
bases rectangulaires de hauteur inégale, nécessitées par
la déclivité du terrain. La disposition n'est-elle pas des
plus heureuses? Jadis, la porte extérieure était, elle
aussi, surmontée de figures, de trophées et d'armoiries;
tout cela a disparu avec le bas-relief de l'imposte, remplacé, il y a quarante ou cinquante ans, par une maigre
allégorie à la destination actuelle des bâtiments.

On retrouve d'ailleurs l'aspect général que présentait
le palais sur la planche dessinée et gravée par Rigaud
sous le titre : *Vue de l'hôtel de Soubise prise du côté de
la rue,* dont nous donnons une reproduction réduite[1].

A l'angle de la rue de Paradis et de la rue du Chaume
fut installée, au début du xviiie siècle, une fontaine
dont une inscription récemment restaurée a conservé
le souvenir. Ce distique latin atteste la participation
du prince de Soubise à l'établissement du monument.
En voici le texte, à peine lisible aujourd'hui :

> *Ut daret hanc populo fontem certabat uterque,*
> *Subisius posuit mœnia, Prætor aquas.*

L'hôtel des Soubise était relié à celui des Rohan, construit au xviiie siècle sur la vieille rue du Temple[2], par
une suite de bâtiments bas, longeant la rue de la Roche
et contenant les dépendances, les communs, l'orangerie,
et enfin des écuries où cinquante chevaux pouvaient
trouver place. Ce luxe princier se retrouvait dans l'or-

---

1. La planche originale est conservée à la Chalcographie du
Louvre.

2. Le terrain de l'hôtel du cardinal avait été cédé par le prince de
Soubise au cardinal de Rohan, à la condition qu'il ferait retour
aux Soubise, avec les constructions, à la mort du possesseur. Les
dépendances de l'hôtel furent agrandies, dans le cours du xviiie siècle, par l'acquisition de plusieurs maisons particulières donnant
sur la rue des Quatre-Fils et la vieille rue du Temple (*Inventaire
après décès du prince de Soubise).*

nementation intérieure des appartements. En face de la
porte centrale de la façade s'ouvrait un escalier dont
les parois avaient été couvertes de peintures murales
par l'habile décorateur Brunetti.

Le rez-de-chaussée était réservé au prince. Germain
Boffrand, chargé dès 1710 ou 1712, au grand désespoir
de Delamair, de la direction suprême des décorations
intérieures, nous a laissé, dans son *Livre d'architecture,*
de précieux documents sur l'aspect des appartements
vers 1730. Par lui nous savons que l'alcôve de la chambre à coucher était précédée de deux colonnes en bois
sculpté qui existent encore ; momentanément déplacées,
elles sont actuellement exposées au musée des Arts dé-
coratifs ; elles doivent être restaurées et remises en place
quelque jour[1]. La corniche de cette pièce a conservé ses
délicates moulures, où la double S enlacée reparaît main-
tes fois avec la principale pièce des armes des Soubise,
le macle, losange évidé, fréquemment employé comme
motif d'ornement dans les grilles et les balcons exté-
rieurs. Le macle, qui rappelle la maille des anciennes
cottes d'armes, est entré, comme élément principal, par
un de ces jeux de mots si fréquents autrefois, dans la devise des Soubise : *Sine macula macla.* On retrouve cette
devise gravée sur plusieurs panneaux du xviiie siècle.

De chaque côté du lit, la planche de Boffrand indique
un portrait ; celui de gauche représentait un cardinal.
Ces peintures n'existent plus. A la même pièce apparte-
naient jadis deux tableaux exposés à l'étage supérieur.
Contre la cloison qui a provisoirement converti cette
chambre en un passage, est accrochée la fameuse allégorie des Jésuites, saisie en 1762 dans l'église du collège
de Billom, en Auvergne. Le titre de cette peinture des
plus médiocres, *Typus Religionis,* en indique assez l'intention. Toute l'Eglise, tous les Ordres, sont conduits

----

1. On donne ici la vue de cette alcôve d'après la planche de
Boffrand (page 19).

Décoration d'une porte du salon ovale du rez-de-chaussée, d'après G. Boffrand.

par les Jésuites, qui dirigent le vaisseau de la Religion vers le port du Salut. Après sa saisie, cette peinture, considérée comme séditieuse, fut déposée au greffe du Parlement de Clermont. Elle a été plusieurs fois reproduite par la gravure.

Après la chambre à coucher du prince vient le salon ovale du rez-de-chaussée, garni de lambris en bois d'une sculpture délicate et de groupes de figures presque en ronde bosse placés dans les cadres triangulaires séparant les archivoltes des portes et des fenêtres. Ces sculptures sont l'œuvre d'artistes éminents. Lambert-Sigisbert Adam, l'auteur du groupe principal du bassin de Neptune à Versailles, a exécuté les allégories suivantes : *la Musique, la Justice, la Peinture et la Poésie, l'Histoire et la Renommée.* Les autres figures, *l'Astronomie, l'Architecture, la Comédie, le Drame,* sont l'œuvre de Jean-Baptiste Lemoine.

L'appartement du prince de Soubise communiquait avec le jardin intérieur par un perron surélevé de quelques marches. Une vaste pelouse, avec bassin circulaire au centre, séparait les appartements du prince de ceux de l'hôtel de Rohan ou de Strasbourg, ainsi nommé parce que, de 1704 à 1790, quatre personnages de la maison de Rohan, tous quatre cardinaux, occupèrent le siège épiscopal de Strasbourg.

Ce jardin, assez vaste, était souvent ouvert aux habitants du quartier ; il offrait aux promeneurs des avenues plantées d'arbres. Les écuries et aussi les cuisines et les offices, installés à l'angle de la rue du Chaume et des Quatre-Fils, étaient masqués par de hautes charmilles ou par des massifs de verdure. Le dernier prince de Soubise aimait beaucoup les fleurs. Sa collection de tulipes jouissait d'une certaine réputation. En l'an IX, le jardinier fleuriste Tripet, acquéreur de cette collection, offrait au Sénat Conservateur de la lui céder pour garnir les parterres du Luxembourg.

Après le salon ovale du rez-de-chaussée, le cabinet

du prince de Soubise et une petite pièce voisine ont conservé quelques vestiges de leur ancienne décoration. Tout récemment restaurées, elles ont reçu des tableaux et des sculptures provenant d'autres appartements. C'est ici que sont installées aujourd'hui les vitrines du Musée étranger [1].

Au-dessus de la porte d'entrée de la pièce voisine du salon est encastrée une peinture de Trémolières, *Diane désarmant l'Amour,* qui parut au salon de 1737. En face, *Apollon qui montre à l'Amour à jouer de la lyre,* par Restout, exposé aussi en 1737.

A côté de ce cabinet une petite pièce, où l'on voit encore d'anciens panneaux sculptés, renferme aussi deux dessus de porte en camaïeu, représentant les Génies des Arts; puis, en traversant le passage voûté qui fait communiquer les deux cours intérieures, on accède à l'escalier dont on a déjà parlé et qui rappelle, par la rampe ornée de la double croix de Lorraine, le temps où l'hôtel était occupé par les Guise.

En montant au premier étage par le prétentieux escalier monumental édifié vers 1844, et qui attend encore son achèvement, comme ceux du Louvre et de la Bibliothèque nationale, après avoir traversé un palier où sont exposés les bustes des anciens directeurs des Archives, Camus, Daunou (par David d'Angers), Letronne et le marquis Léon de Laborde, nous pénétrons dans une vaste salle rectangulaire, improprement désignée sous le nom de salle des gardes; c'était simplement autrefois une grande antichambre. Là était jadis placée une série de portraits commandés pour une somme minime au peintre Blanchard et dont un devis original a conservé le détail. Sur la cheminée, le portrait du Roi, c'est-à-dire de Louis XIV, entre François Ier et Henri IV; puis Conan, roi des Bretons du temps de Jules César;

---

1. Voyez, pour la description du Musée étranger, la fin de cette notice.

Chambre à coucher de la princesse de Soubise, d'après G. Boffrand.

2.

François, premier duc de Bretagne; enfin toute la dynastie des Rohan depuis le XIe jusqu'au XVIe siècle. Le prix de chaque toile était fixé à cent livres. Mais l'effigie équestre du prince de Soubise, avec le passage du Rhin en perspective, avait coûté six cents livres.

Seul des historiens de Paris, Dargenville parle de ces tableaux représentant les princes de la maison de Rohan et garnissant, d'après lui, l'antichambre qui précède la chapelle, indication qui concorde avec ce qu'on vient de dire. Les fonds de bataille ou de paysage auraient été exécutés par un des Parrocel.

Après avoir traversé une pièce d'attente actuellement en restauration, on arrive à la chambre de la princesse. Ici, l'architecte chargé de l'installation des appartements a réalisé un des types les plus exquis de l'art décoratif. Boffrand, élève puis collaborateur de Jules Hardouin-Mansard dans ses grands travaux de Versailles et de la place Vendôme, se rattache trop par son éducation au siècle de Louis XIV pour avoir admis le style tourmenté qui commençait à régner. C'est plutôt un art de transition entre la majesté pompeuse et régulière du XVIIe siècle et les fantaisies capricieuses du temps de Louis XV. Le goût nouveau s'accuse dans les détails; mais la ligne garde une certaine rectitude qui trahit le survivant attardé d'une école expirante. Il semble assez probable qu'en 1720 la sculpture des lambris, des corniches et des plafonds était fort avancée, sinon complètement terminée.

Telle qu'on la voit aujourd'hui, la chambre de la princesse présente un des modèles accomplis du goût français parvenu à une de ses plus brillantes périodes.

C'est un prodige qu'elle ait échappé aux causes incessantes de détérioration qui la menacèrent pendant les transformations successives de l'hôtel. Sous le premier Empire, alors que le palais Soubise avait reçu le dépôt des papiers du Vatican, les titres de la monarchie espagnole et les archives de bien d'autres États, des casiers installés devant les lambris délicats de cette chambre les protégèrent longtemps. Aussi, quand le marquis de Laborde entreprit de rendre à cette pièce son ancienne magnificence, y eut-il peu de chose à modifier pour la remettre en état. On fit exécuter les balustres séparant l'alcôve du reste de la pièce sur les dessins du livre d'architecture de Boffrand. Les médaillons dorés à sujets mythologiques avaient reçu du temps une patine sombre de vieil or à laquelle on se garda bien de toucher. L'étoffe de damas fut fabriquée à Lyon sur des dessins anciens. Rien ne fut négligé en un mot pour rendre à la chambre à coucher de la princesse son primitif aspect.

Seules, les deux cheminées placées vis-à-vis l'une de l'autre, de chaque côté de la pièce, manquaient. Il fallut les remplacer par des panneaux copiés aussi exactement que possible sur les modèles voisins.

Dans les quatre trumeaux placés entre les portes et les glaces sont sculptées en bas-relief dans le bois et dorées en plein quatre scènes d'une mythologie galante, comme il convenait en pareil lieu : Vénus et Adonis, Sémélé et Jupiter, Europe et le taureau, Argus et Mercure. Au-dessus, quatre médaillons dorés, se détachant des angles de la corniche, rappellent les aventures de Danaé, de Léda, d'Hébé et de Ganymède. Au milieu de la gorge de la corniche s'enlèvent en demi-bosse des groupes de deux figures exécutés par les meilleurs sculpteurs du temps. Entre les fenêtres, Bacchus et Ariane ; en face, au fond de l'alcôve, Diane et Endymion ; du côté du salon ovale, Pallas et Mercure ; et en regard, Vénus et Adonis. Impossible de décrire les motifs d'ornement et les petits Amours portant les attributs des lettres, des sciences et des arts, ou se jouant dans les rinceaux, qui relient les uns aux autres les groupes des lambris et du plafond.

On voudrait connaître les noms des habiles artisans auxquels sont dus ces travaux exquis. Mariette, dans le *Livre d'architecture* de Blondel, attribue l'invention

Décoration de la porte du salon ovale de la princesse, d'après G. Boffrand.

d'une partie de ces décorations à Louis Harpin, peintre et sculpteur, occupé d'abord dans le port de Toulon, avec Toro, à l'ornementation des vaisseaux royaux. En somme, on est assez mal renseigné sur le nom des auteurs de ces chefs-d'œuvre. Quoi qu'il en soit, il nous paraît difficile d'admettre l'opinion d'un des plus récents historiens du vieux Paris[1] et de faire remonter à Delamair le mérite de cette décoration. Le pauvre architecte avait été trop vite remplacé par Boffrand pour qu'il soit possible de lui faire honneur de la direction des travaux intérieurs. Pour nous, c'est Boffrand, et lui seul, qui a présidé, de 1710 à 1730, à toute l'ornementation des grands appartements, du moins de ceux que nous connaissons et dont il a laissé de si belles reproductions gravées.

Au-dessus de la porte d'entrée de la chambre de la princesse un tableau, signé : *F. Boucher,* représente *les Grâces présidant à l'éducation de l'Amour.* En face, la porte qui donne dans le salon ovale est surmontée d'un charmant panneau de Trémolières, signé et daté de 1737, exposé au Salon de la même année, qui met en scène *Minerve enseignant à une jeune fille l'art de la tapisserie.* La planche de Boffrand donnant la coupe de la chambre à coucher prouve que le tableau de Trémolières occupait déjà cette place au XVIIIe siècle.

Au fond de l'alcôve, deux *Pastorales* de Boucher, signées toutes deux, mais non datées, nous présentent, dans leur cadre chantourné, un modèle accompli d'un genre conventionnel et charmant, très goûté au siècle dernier. On ignore dans quelle pièce de l'hôtel ces peintures étaient autrefois placées.

Sur les côtés de l'alcôve, près de ces Pastorales, on a provisoirement exposé deux dessus de porte encore encadrés dans leur bordure ancienne. Ils représen-

---

1. Voyez A. de Champeaux, *l'Art décoratif dans le vieux Paris : Gazette des Beaux-Arts* du 1er novembre 1891, 3e période, tome VI, p. 418-424.

tent l'un et l'autre un paysage dans le style conventionnel du temps. Sur celui de gauche, signé : *Trémolières*, 1738, le premier plan est occupé par un pêcheur à la ligne. L'autre porte la signature *F. Boucher*. On y voit un pont, des roseaux, un saule, des bergers gardant un troupeau ; au fond, une tour ou un colombier.

Après la chambre à coucher s'ouvre le fameux salon ovale, non moins célèbre par les huit peintures de Natoire, consacrées à la légende de Psyché, que par le cadre qui les accompagne. Ici c'est Boffrand qui a tout dirigé ; et l'exécution de cet ensemble constitue à coup sûr un de ses meilleurs titres de gloire.

Le détail de ces cartouches si gracieusement chantournés, les guirlandes de feuillages et de fleurs, les groupes d'Amours hissés sur la corniche, défient toute description. On se contentera donc d'énumérer les épisodes choisis par Natoire dans le conte d'Apulée. La série commence à gauche de la porte d'entrée :

1° *Psyché recueillie par Zéphyr ;*

2° *Les nymphes offrant des fleurs à Psyché sur le seuil du palais de l'Amour ;*

3° *Psyché montrant ses trésors à ses sœurs ;*

4° *Psyché levant la lampe pour contempler son époux ;*

5° *Les Nymphes retirant de l'eau le corps inanimé de Psyché ;*

6° *Psyché chez les bergers ;*

7° *Psyché s'évanouit de frayeur en présence de Vénus ;*

8° *Psyché ravie au ciel par l'Amour.*

La plupart de ces toiles portent la signature du peintre Charles Natoire, qui a laissé ici son œuvre capitale, celle qui consacra sa réputation.

Le n° 2 est daté de 1737 ; les n°ˢ 3, 4, 5, peut-être les meilleurs de la série, de 1738, et le n° 1 de 1739. Ces chiffres sont bons à noter, car ils fixent approximativement l'achèvement de la décoration intérieure des appartements.

Une tradition, dont l'authenticité a été mise en doute,

Décoration du plafond du salon ovale de la princesse de Soubise, d'après G. Boffrand.

rapporte que l'ancienne cheminée du XVIIIe siècle aurait été déplacée, il y a une trentaine d'années, pour décorer un salon des Tuileries. Au moins semble-t-on avoir respecté la plaque de foyer représentant Hercule filant aux pieds d'Omphale.

Le bureau orné de bronzes Louis XV, surchargés d'emblèmes révolutionnaires, serait celui sur lequel Robespierre aurait été étendu après avoir eu la mâchoire fracassée, dans la nuit du 9 au 10 thermidor, lorsqu'il fut transporté dans la salle du Comité de salut public, où se trouvait alors ce meuble.

Le plancher de tous ces appartements a été complètement refait lors de la dernière restauration. Les frises actuelles ont remplacé un parquet à compartiments avec incrustations de cuivre et d'étain, dans le genre des meubles de Boulle, dont il existait naguère encore quelques fragments dans les locaux démolis en 1870.

Les pièces venant à la suite du salon ovale ont aussi conservé des vestiges fort intéressants de leur ancienne magnificence ; on retrouve encore aux sculptures des portes et de quelques panneaux en bois, ainsi qu'aux moulures en stuc des corniches, le goût décoratif et l'art exquis du XVIIIe siècle.

L'avant-dernière des chambres à la suite du salon ovale renferme huit peintures, dont la moitié provient des salles actuellement en réparation.

Donnons d'abord les sujets des quatre dessus de porte encore en place. Au-dessus de la porte d'entrée : *Mercure faisant l'éducation de l'Amour,* par Boucher, tableau exposé en 1738. En face, *les Caractères de Théophraste* ou *la Sincérité,* signé : *Trémolières,* 1737, exposé la même année.

Au fond de la salle, deux autres peintures en dessus de porte : à gauche, *le Secret et la Prudence,* peinture de Restout, exposée au salon de 1737 ; à droite, *l'Amitié de Castor et de Pollux,* par Carle Van Loo, tableau qui figure aussi sur le livret de 1737.

Sur la paroi de gauche, entre les deux portes, une toile sans cadre représentant, d'après la notice de l'exposition de 1737, *l'Hymen d'Hercule et d'Hébé enchaînés par l'Amour avec des guirlandes de fleurs*, portant la signature : *Trémolières, 1737*. En face, sur le mur de droite : *Mars et Vénus*, par Carle Van Loo. Ces deux sujets surmontaient autrefois, d'après les dessins de Boffrand, les portes de la chambre à coucher du prince.

Au fond de la pièce deux toiles dans des cadres chantournés. La première à gauche, signée : *Carle Van Loo*, représente *Vénus à sa toilette*. Dans l'autre, Boucher a peint *Vénus au bain*. C'est une des meilleures peintures de la collection des Archives.

La dernière pièce a, comme dessus de porte, des panneaux en bois délicatement sculptés. On a placé ici quatre tableaux provenant d'autres salles de l'hôtel. A gauche, *Neptune et Amphitrite*, avec la signature : *Restout, 1736*, toile exposée en 1738. A droite : *l'Aurore et Céphale*, de François Boucher, qui parut au salon de 1739. Puis, au fond, deux scènes tirées des fables de la Fontaine. D'un côté : *Mercure présentant les trois haches au bûcheron*, de Carle Van Loo ; de l'autre : *Borée et le Voyageur*, par Restout.

Lors de la mort du dernier prince de Soubise, survenue le 2 juillet 1787 [1], le palais de la rue de Paradis était délaissé, depuis quelque temps déjà, pour un petit hôtel de la rue de l'Arcade, moins vaste, moins somptueux, mais probablement plus confortable. On connaît par le menu la disposition des appartements

---

1. Le service du prince fut célébré le jeudi 5 juillet, dans l'église des Pères de la Merci, située en face de l'hôtel, rue du Chaume, où le dernier prince de Soubise avait acquis une chapelle vers 1760. Pendant la cérémonie, le bibliothécaire du prince, Louis Dupuy, de l'Académie des inscriptions et belles-lettres, fut la victime d'un vol. On lui déroba sa montre d'or ovale à charnières, et le lendemain il déposait une plainte chez le commissaire Joron (Arch. nat., Y 3293).

à cette époque; mais la place dont nous disposons ne nous permet pas d'entrer dans des détails explicites.

La succession du dernier prince de Soubise était opulente, mais avec des dettes considérables. De nombreux créanciers se présentèrent; des oppositions surgirent de toutes parts lors de la levée des scellés. La Révolution éclata sur ces entrefaites et vint encore retarder la liquidation. On voit sous la Convention les créanciers des Soubise adresser à l'Assemblée pétition sur pétition pour hâter le payement de leurs dettes.

Inutile de suivre dans les détails infinis d'une procédure compliquée la liquidation laborieuse de cette succession. Qu'il suffise de savoir que les bâtiments restèrent longtemps à l'abandon. En 1789 ou 1790, le bureau des contributions de la ville de Paris y est provisoirement établi. La ville paye 5,000 livres par an pour la location des locaux occupés par ses services dans l'hôtel Soubise, et 15,000 livres pour la location du palais Cardinal. Puis, un magasin de fourrage pour les armées envahit un moment les dépendances de l'hôtel. Les Archives générales de France ne vinrent s'y installer qu'en 1808 [1]. Malgré l'immensité des constructions, elles furent bientôt trop étroites pour héberger les convois de documents précieux que les victoires impériales faisaient affluer à Paris. Il fallut fermer au moyen de cloisons vitrées les deux galeries ouvertes de la cour d'honneur. Cet expédient devint bientôt insuffisant. On déposa certains papiers au couvent des Minimes; on loua une maison dans le quartier; on édifia enfin deux bâtiments provisoires devant la façade. Après les restitutions de 1814 et 1815 aux États étrangers et aux princes français, les documents se trouvèrent plus à l'aise, jusqu'au jour où l'envoi des anciennes archives judiciaires, jusque-là conservées à la sainte Chapelle de

---

1. Le décret impérial ordonnant l'acquisition du palais Cardinal et de l'hôtel Soubise pour y placer l'Imprimerie et les Archives porte la date du 6 mars 1808.

Paris, nécessita de nouvelles constructions. Les grands bâtiments qui font vis-à-vis au corps principal de l'hôtel Soubise dans la cour intérieure ou cour des dépôts, furent commencés en 1840 et continués les années suivantes.

Peu après, l'acquisition de l'hôtel d'Assy, contigu à la grande colonnade sur la rue de Paradis, permit de loger plus confortablement les bureaux et la direction. De cette époque aussi (vers 1842) date l'ouverture de la salle où sont admis les travailleurs. L'École des chartes avait été tranférée, en 1847, de la Bibliothèque nationale au rez-de-chaussée de l'ancien hôtel Soubise. Le salon ovale du prince servait alors de salle des cours ; il était précédé d'une bibliothèque réservée aux élèves. Cette installation dura de 1847 à 1860. A cette dernière date fut acquise la maison contiguë à l'hôtel d'Assy qui reçut l'École des chartes et une partie des bureaux. Vers la même époque la salle du public, devenue insuffisante, fut agrandie. En 1860 fut commencée, le long de la rue des Quatre-Fils, la longue galerie monumentale qui devait clore de ce côté les terrains affectés au dépôt national des Archives de France. Cette galerie était terminée en 1865.

Les vieux bâtiments de l'hôtel de Guise à l'angle de la rue des Quatre-Fils et le long de la rue du Chaume existaient encore lors de l'investissement de Paris, en 1870. La vétusté des murs et des plafonds inspirait de vives inquiétudes. La démolition fut résolue dès le début du siège et immédiatement entreprise. Bientôt il ne restait plus de la façade de l'hôtel de Guise sur la rue du Chaume que le mur de l'escalier, qui subsiste encore.

La place manquait pour les papiers déplacés pendant le siège. En 1872 furent commencées les constructions qui relient le bâtiment d'angle de la rue des Quatre-Fils aux tourelles d'Olivier de Clisson ; elles sont déjà insuffisantes.

II

LE MUSÉE

CATALOGUE SOMMAIRE

DES DOCUMENTS DE L'HISTOIRE DE FRANCE

EXPOSÉS AU MUSÉE DES ARCHIVES NATIONALES

Le musée des Archives nationales fut ouvert le 19 juillet 1867, sous la direction de M. le marquis de Laborde. En créant ce musée, l'éminent érudit s'était proposé un double but : d'abord mettre sous les yeux du public les pièces les plus importantes du grand dépôt national, puis montrer aux artistes et aux curieux les appartements de la princesse de Soubise, ce chef-d'œuvre de l'art décoratif du xviiie siècle.

Peu après son ouverture, le musée historique et paléographique réunissait dix-huit cents pièces environ, embrassant une période de près de treize siècles, depuis les premiers rois de la dynastie mérovingienne jusqu'à la fin des Cent-Jours. Les vitrines renfermant cet abrégé des preuves de l'histoire de France furent installées d'abord et restèrent plus de dix ans au premier étage de l'ancien palais Soubise, occupant la vaste antichambre appelée souvent salle des gardes, une pièce à la suite, la chambre à coucher, le salon ovale et les deux cabinets qui suivent.

Des travaux devenus urgents entraînèrent le déplacement de toute la première série du musée; transportée, vers 1880, au rez-de-chaussée, elle y est restée jusqu'ici par suite de l'interruption des travaux.

Au moment même où naissait ce musée, une grande publication contenant les détails les plus étendus et les plus précis sur les documents exposés était entreprise par la maison Plon et confiée à l'érudition des archivistes compétents. Un inventaire descriptif offrait aux travailleurs des notices étendues, accompagnées de fac-similés très exacts. Cet ouvrage, malheureusement dépourvu de l'introduction projetée par le créateur du musée, et aussi de tables, conservera cependant d'une façon durable le souvenir de l'état primitif de la collection et sera toujours consulté avec fruit par les érudits et les chercheurs. Il contient la description, l'analyse, souvent la transcription, de 1,444 documents historiques. Le dernier porte la date du 26 octobre 1795.

On ne tarda pas à s'apercevoir, au bout de quelque temps, qu'un nombre aussi considérable de pièces manuscrites, quel que fût leur intérêt historique, fatiguait bien vite la curiosité des visiteurs. Après s'être arrêtés consciencieusement devant les premiers cadres, les promeneurs ne tardaient pas à accélérer leur marche et à passer rapidement, en donnant des signes évidents de lassitude, devant les témoignages les plus dramatiques de l'histoire contemporaine.

L'extension donnée primitivement au musée présentait un plus grave inconvénient. Le nombre des pièces déplacées créait de nombreuses lacunes dans les cartons ou sur les rayons, état de choses qui compliquait le service des communications, et multipliait, sans profit pour personne, les chances de confusion.

Une première mesure de préservation fit rentrer dans leurs cartons les plus précieux documents de notre histoire, c'est-à-dire les papyrus mérovingiens, dont le plus ancien remonte à l'an 625. Des fac-similés exécutés par le procédé de l'héliogravure remplacèrent ces vénérables témoins de la première de nos dynasties nationales. On jugea que la satisfaction de montrer ces titres glorieux devait céder devant l'intérêt supérieur de leur conservation. Aujourd'hui, les diplômes mérovingiens, reproduits à plusieurs reprises par les procédés les plus perfectionnés, sont facilement accessibles à tous les travailleurs, et les originaux ne sortent guère, sauf dans les cas exceptionnels, de leurs retraites obscures, ce qui leur assure une durée presque illimitée.

Une expérience de vingt années parut enfin suffisamment concluante pour réduire dans de larges proportions les documents concernant les diverses périodes. De dix-huit cents, le nombre des pièces exposées fut ramené à six ou sept cents ; beaucoup d'actes d'un intérêt secondaire, beaucoup de lettres de personnages peu importants ou d'autographes faisant double emploi rentrèrent dans leurs dossiers, et on reconnaîtra peut-être que le musée historique des Archives a gagné à cette épuration conduite avec prudence et discernement.

Toutefois, pour ne pas priver les travailleurs des moyens d'investigation mis à leur portée par l'inventaire de la maison Plon, les anciennes étiquettes placées à côté de chaque pièce et portant le numéro de cet inventaire ont été conservées. Ces numéros sont reproduits ici après la description sommaire de chaque article.

La liste suivante donne la composition actuelle du musée, vitrine par vitrine, et en suivant l'ordre matériel de classement. Cette observation n'est pas superflue, car la dimension ou le volume des documents a nécessité quelques dérogations à l'ordre chronologique strictement suivi dans l'ancien inventaire. En outre, depuis la seconde moitié du xvie siècle, on a réuni par groupes certaines catégories d'hommes célèbres, tels que les littérateurs, les artistes, les savants et les généraux.

Des registres et des documents d'une nature particulière, n'ayant pu trouver place à leur date, ont été exposés dans des vitrines spéciales, au fond de la chambre à coucher du premier étage. Sauf ces exceptions imposées par des nécessités matérielles, on s'est toujours rapproché le plus possible de l'ordre chronologique.

MÉROVINGIENS

Vitr. 1. — Confirmation d'un testament fait en faveur de l'abbaye de Saint-Denis par Clotaire II, fils de Chilpéric Ier, vers 627 (n° 5). Ce document, un des plus anciens textes écrits sur l'histoire de France qui soient conservés aux Archives, est sur papyrus. [On en a mis sous les yeux du public une photographie pour ne pas exposer l'original à la lumière et à l'air.]

Fondation d'un monastère par une dame nommée Clotilde, avec de nombreuses signatures autographes, 670 (n° 11).

Échange de terres entre l'abbé de Saint-Germain des Prés et un personnage nommé Adalric, daté de Bougival, 25 avril 697 (n° 23).

Jugement rendu par Pépin le Bref, comme maire du palais, en faveur de l'abbaye de Saint-Denis, sous le règne de Chilpéric III, le 20 juin 750 (n° 30).

Vitr. 2. — Donation de biens faite par Thierry III au diacre Chainon, qui devint abbé de Saint-Denis, acte portant la signature du Roi, précédée d'une croix, 12 septembre 677 (n° 12).

Jugement rendu par Clovis III en faveur d'un orphelin nommé Ingramnus, avec un sceau représentant le roi chevelu, 28 février 693 ou 694 (n° 18).

Exemption accordée par l'évêque de Chartres à un monastère, avec quinze signatures d'évêques et celle de l'abbé de Saint-Denis, 6 mars 696 (n° 21).

CAROLINGIENS

Vitr. 3. — Donation faite par deux femmes, la mère et la fille, à l'abbaye de Saint-Denis, en janvier 770 (n° 37).

Donation de Charlemagne à l'abbaye de Saint-Denis, portant le monogramme du souverain KAROLVS, 13 janvier 769 (n° 34).

Vente d'une terre, 5 juin 769 (n° 36).

— Les actes entre particuliers comme celui-ci, sans intervention des représentants d'une église ou d'une abbaye, sont très rares à cette époque.

Charlemagne absout le comte Theudald d'une accusation de lèse-majesté, 31 mars 797 (n° 42).

Diplôme de Charlemagne portant pour sceau l'empreinte d'une pierre antique représentant un Jupiter Serapis vu de profil à gauche, 8 mars 812 (n° 46).

Vitr. 4. — Donations faites par Adalhard et par Pépin le Bref à l'abbaye de Saint-Denis, septembre 766 et 768 (n°s 32 et 33).

Donation faite par Gisèle, sœur de Charlemagne, à l'abbaye de Saint-Denis, portant les signatures de la donatrice et de trois fils de Charlemagne, figurées par une croix accompagnée du nom du signataire, 13 juin 799 (n° 44).

Vitr. 5. — Jugement rendu par Charlemagne en faveur de l'abbaye de Saint-Denis, contre les prétentions de l'évêque de Paris, 28 juillet 775 (n° 39).

Ratification par Louis le Débonnaire d'un échange conclu par l'abbaye de Saint-Denis ; formules finales rédigées en notes tironiennes, sorte d'écriture tachigraphique anciennement usitée, 6 novembre 821 (n° 49).

Vitr. 6. — Donation par Charles le Chauve de l'abbaye de Saint-Éloi à l'église de Paris, portant pour souscription le mot *legimus,* écrit en cinabre, formule finale empruntée à la chancellerie des Empereurs de Constantinople, 12 mai 846 (n° 59).

Donation de biens faite par le roi Eudes à l'abbaye de Saint-Denis, avec monogramme du prince, *Odo rex,* 2 mai 894 (n° 75).

Vitr. 7. — Donation de l'empereur Charles le Chauve à l'abbaye de Saint-Denis, 31 août 859 (n° 65).

Autre donation faite par un particulier et sa femme à la même abbaye, terminée par des signatures autographes et par celle du scribe en notes tironiennes, août 943 (n° 80).

Vitr. 8. — L'abbé de Saint-Denis, Fulrad, donne tous ses biens à l'abbaye, acte accompagné de nombreuses signatures et muni à son extrémité inférieure d'un fétu, signe symbolique de la transmission de propriété, 777 (n° 40).

Confirmation par Charles le Simple de l'immunité du cloître de Notre-Dame de Paris, 17 juin 911 (n° 78). — Diplôme d'une écriture soignée, portant un sceau bien conservé.

Vitr. 9. — Échange de terres situées dans le Midi, avril 970 (n° 82). — L'écriture de cet acte montre la transition de l'onciale aux caractères gothiques.

CAPÉTIENS

Vitr. 9. — Diplôme de Hugues Capet, portant donation du domaine de Maisons-Alfort à l'abbaye de Saint-Maur des Fossés; c'est le seul acte du fondateur de la troisième race que possèdent les Archives nationales, 20 juin 988 (n° 84).

Donation d'un alleu par Ermengaud, comte d'Urgel,

avec souscription et parafe du donateur, 28 février 1027 (n° 95).

Vitr. 10. — Confirmation d'une donation faite à l'abbaye de Saint-Maur des Fossés par feu Énée, évêque de Paris; sceau d'évêque tenant une crosse, 30 avril 1006 (n° 89).

Restitution de biens à l'abbaye de Saint-Germain des Prés par le roi Robert; acte portant le monogramme royal et un sceau plaqué en cire blanche représentant le Roi couronné et assis sur son trône, dit sceau de majesté, 1030 (n° 96).

Vitr. 11. — Pièce fausse, datée du 2 mars 1015 et fabriquée probablement au xvie siècle (n° 93).

Charte du roi Henri Ier portant comme signatures des croix tracées de la main du Roi, de sa femme et de ses enfants, avec leurs noms écrits à côté, 12 juillet 1058 (n° 101).

Autre exemple de croix tracée par le Roi lui-même; cette pièce porte un cyrographe, c'est-à-dire une inscription tracée au milieu d'une feuille de parchemin sur laquelle le même acte était transcrit deux fois; on coupait le parchemin par le milieu en divisant en deux les mots formant le cyrographe (ici, ce sont les mots *Petrus, Paulus, Genovefa*), de manière que les deux parties rapprochées formassent les lettres entières. C'était un mode de contrôle pour les actes dont il était fait plusieurs copies (n° 103).

Cyrographe portant la date du 1er novembre 1067; le mot coupé par le milieu est *cyro graphum* suivi de traits en forme de dents de scie (n° 107).

Charte en latin mêlé de mots en langue vulgaire du Midi; c'est un des premiers exemples de l'emploi de termes de la langue usuelle pour les actes de chancellerie, vers 1062 (n° 105).

Vitr. 12. — Confirmation des privilèges de l'abbaye de Sainte-Geneviève de Paris par le roi Henri Ier, donnée en 1035, accompagnée du monogramme du roi, d'une croix probablement de sa main, du sceau de majesté et de la souscription de deux légats du Saint-Siège; belle écriture régulière, se rapprochant de celle des manuscrits (n° 98).

Acte de confirmation des coutumes établies à la Chapelaude par Richard, archevêque de Bourges, dont le sceau en cire est joint à l'acte; c'est le plus ancien sceau pendant des Archives, 1073 (n° 109).

Vitr. 13. — Donation de la terre de Courcelles à l'abbaye de Saint-Denis avec monogramme du roi Philippe Ier et souscription des donataires et des témoins, 1060 (n° 104).

Révocation par Étienne, comte de Blois, de certains droits concédés à Eudes de Bray-sur-Seine, pièce terminée par quatre croix accompagnées des noms des personnages qu'elles représentent, vers 1100 (n° 116).

Concession de plusieurs chapelles à l'abbaye de Saint-Nicaise de Reims, par Baudry, évêque de Tournai et de Noyon, avec le mot *cyrographum* écrit sur le côté, 1104 (n° 119).

Vitr. 14. — Un des premiers actes de Louis VI comme roi; c'est l'autorisation donnée aux serfs de Notre-Dame de Paris de témoigner en justice contre les hommes libres, sorte de prélude à l'affranchissement des Communes, 1108 (n° 123).

Acte de fondation de la célèbre abbaye de Saint-Victor de Paris par le roi Louis VI, avec les souscriptions et la croix du Roi, des archevêques de Sens et de Reims et de huit évêques des diocèses voisins, 1113 (n° 131).

Vitr. 15. — Confirmation des privilèges de l'Église de Paris, donnée par Louis VI en 1127, avec le monogramme du Roi en vermillon, cas tout à fait exceptionnel, et deux croix sans doute tracées par le Roi et son fils. Une note inscrite au dos du parchemin nous apprend qu'il était interdit de laisser sortir cet acte de la salle capitulaire où il était conservé (n° 141).

Vitr. 16. — Lettre d'un chantre de l'église du Saint-Sépulcre de Jérusalem au chapitre de Notre-Dame de Paris, lui annonçant l'envoi d'un morceau de la vraie croix, vers 1108 (n° 125).

Échange de deux serves entre le chapitre de Notre-Dame de Paris et Sainte-Geneviève, 1118 (n° 132).

Rouleau funéraire du bienheureux Vital, composé de quinze feuilles de parchemin, avec lettres ornées où la fantaisie du scribe s'est donné libre carrière. C'est un des plus curieux monuments paléographiques conservés aux Archives; il contient des vers de la main d'Héloïse, 1122-1123 (n° 138).

Donation de deux églises aux Templiers, avec bulle en plomb, 1137 (n° 146).

Donation au prieuré de Saint-Martin des Champs, en écriture minuscule, vers 1127 (n° 142).

Confirmation par le roi Louis VII des donations faites à l'abbaye de Saint-Victor de Paris, avec les souscriptions des grands officiers de la couronne disposées de chaque côté du monogramme royal, 1138 (n° 149).

Vitr. 17. — Testament de Suger, abbé de Saint-Denis, le célèbre ministre de Louis VI, 17 juin 1137 (n° 145). — Pièce d'une écriture superbe, avec nombreux sceaux attachés à des lanières de peau.

Acte d'une écriture des plus remarquables, par lequel le roi Louis VII renonce au droit de s'approprier les meubles trouvés chez les évêques de Paris après leur décès, 1144 (n° 153).

Vitr. 18. — Donation faite par Conan de Château-giron à l'abbaye de Savigny, d'une écriture minuscule rappelant celle des manuscrits, 1154 (n° 159).

Arrêt de la cour du Roi rendu en 1175, c'est-à-dire à une date bien antérieure au plus ancien registre d'arrêts du Parlement exposé plus loin (n° 180).

Charte d'échange conclu entre Mathieu, comte de Beaumont, et l'abbaye de Saint-Martin de Pontoise, en 1177 (n° 181). — Le cyrographe représente un Christ en croix, exemple unique du choix d'un pareil sujet pour assurer la validité d'un acte.

Vitr. 19. — Fixation par Louis VII des droits de régale sur l'évêché de Paris; véritable chef-d'œuvre de calligraphie, avec monogramme royal, 1148 (n° 156).

Vente faite aux chevaliers du Temple en 1180; il offre l'exemple d'un cyrographe dont les deux parties n'ont pas été séparées (n° 184).

Donation aux Hospitaliers d'Étrépigny; cyrographe offrant une inscription sur quatre lignes à peu près indéchiffrable, 1158 (n° 164).

Confirmation d'une vente de prés par Maurice de Sully, évêque de Paris, 1185 (n° 191). — Cette charte, suivant un usage assez répandu dans les archives ecclésiastiques, était enroulée au moyen de deux petits cordons qui existent encore.

Vitr. 20. — Confirmation de la vente de la dîme d'Athis par les religieuses d'Yerres aux chanoines de Saint-Victor de Paris, 1159 (n° 165).

Reconnaissance par le Roi du droit appartenant à l'abbé de Saint-Germain des Prés de lever des impôts sur ses hommes; charte du commencement du règne de Philippe-Auguste, 1181 (n° 187).

Garanties données par la comtesse de Flandre à Philippe-Auguste après la bataille de Bouvines; charte scellée de douze sceaux appendus à des bandes de parchemin prises sur le corps de l'acte, 1214 (n° 208).

Purge d'hypothèques consentie à des juifs, portant au dos des caractères hébraïques, particularité très rare, 1206 (n° 202).

Serment de fidélité au Roi prêté par la commune de Périgueux, 1204 (n° 198).

Coutume d'Albigeois, approuvée par Simon de Mont-fort et plusieurs évêques dont les sceaux sont au bas de l'acte, 1212 (n° 207).

Vitr. 21. — Charte de commune accordée à la ville de Péronne par Philippe-Auguste, 1209 (n° 204).

Hommage de Simon de Montfort à Philippe-Auguste pour les provinces du Midi, à la suite de la guerre contre les Albigeois, 1216 (n° 209).

Testament, peut-être autographe, de Philippe-Auguste, fait dans la forme mystique, 1222 (n° 214).

Tarif des péages de Sens ; pièce intéressante sous le rapport de la langue et des renseignements commerciaux qu'elle contient, 1223 (n° 216).

Testament du roi Louis VIII, en forme mystique, 1225 (n° 223).

Cession du comté de Toulouse au roi de France par Amauri de Montfort, fils de Simon, 1224 (n° 220).

Vitr. 22. — Procès entre le Roi et l'évêque de Paris, qui décline la compétence de la cour royale ; sceaux des vingt-deux seigneurs composant cette cour, 1221 (n° 213).

Projet de bulle pontificale contre les hérétiques, portant au dos un dessin représentant un hérésiarque livré aux flammes, vers 1250 (n° 257).

Ordonnance de Louis VIII sur le payement des dettes contractées envers les juifs, avec vingt-six sceaux des principaux personnages du royaume, 1223 (n° 217).

Engagement pris par Marguerite de Provence, femme de saint Louis, de se conformer au testament du Roi, 1241 (n° 239).

Aveu de Geoffroi, sire de Châteaubriant, pour la garde du château de Pouzauges à lui confié par saint Louis ; jolie écriture cursive ; 1242 (n° 240).

Arrêt rendu par les pairs et barons de France contre Pierre, comte de Bretagne, 1230 (n° 231).

Vitr. 23. — Échange entre le chapitre de Saint-

Agnan d'Orléans et Hugues, comte de Saint-Pol et de Blois ; magnifique spécimen d'écriture en caractères gothiques, 1244 (n° 242).

Donation faite par saint Louis à Pierre de Fontaines, fameux jurisconsulte, d'une rente de cinquante livres, 1259 (n° 260).

Ratification du traité par lequel Raymond VII, comte de Toulouse, cède une partie du Languedoc à la couronne de France, 1229 (n° 230).

Vitr. 24. — Premier registre des arrêts du Parlement de Paris, connu sous le nom d'*Olim*, 1254-1274 (n° 256).

Registre des opérations faites par les commissaires désignés sous le nom d'enquêteurs royaux en Normandie, 1248 (n° 249).

Dernier codicille de saint Louis, au camp devant Carthage, août 1270 (n° 272).

Codicille de saint Louis, à bord de son vaisseau, sur les côtes de Sardaigne, juillet 1270 (n° 271).

Donation de Philippe le Hardi à Pierre de la Broce, son chambellan, scellée d'un sceau qui fut gravé au camp devant Carthage aussitôt après la mort de saint Louis, septembre 1270 (n° 277).

Quittance des gages d'Enguerran de Bailleul pendant la croisade, à Carthage, 1er octobre 1270 (n° 278).

Vitr. 25. — État des aumônes qui doivent être distri-

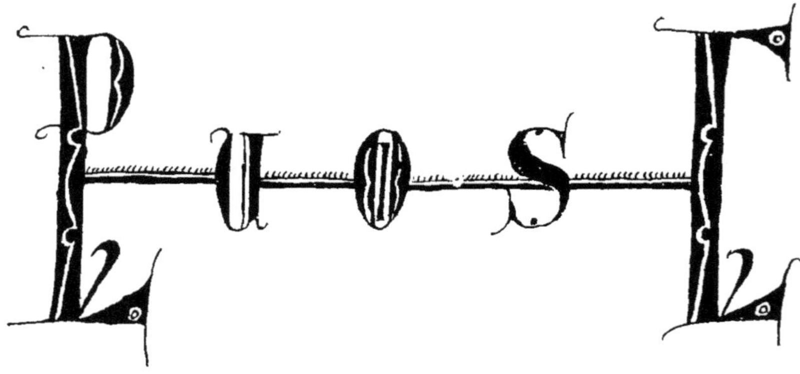

buées chaque année par les rois de France pendant le carême, dressé par saint Louis, septembre 1260 (n° 261). — Voir le monogramme ci-contre (p. 52).

Constatation d'une donation aux religieuses de Port-Royal, juillet 1281 (n° 289). — Superbe écriture de manuscrit.

Confirmation d'une vente à un particulier, donnée par les régents du royaume en l'absence de saint Louis, pendant sa seconde croisade, avril 1270 (n° 269).

Bail à ferme d'une terre appartenant à Pierre de la Broce, avec les sceaux des fermiers, juillet 1276 (n° 284).

Vitr. 26. — Achat du comté de Chartres par le roi Philippe le Bel, juillet 1286 (n° 294). — Le monogramme royal placé au bas de cet acte est le dernier qui se rencontre sur les pièces des Archives nationales.

Interrogatoire des Templiers par les commissaires royaux, 13 novembre 1307 (n° 311).

Mandement de Philippe le Bel au prévôt de Paris relatif aux dépenses des députés aux premiers États généraux, 12 juin 1308 (n° 316).

Acte constatant la nomination de députés de la commune de Chéroy aux États généraux, 30 avril 1308 (n° 314).

Mandat des députés envoyés par la ville d'Amiens aux États généraux, avril 1308 (n° 315).

Ligue formée entre les trois Ordres de Picardie et de Bourgogne, lors de la mort de Philippe le Bel, pour résister aux entreprises du Roi contre les libertés publiques, 1er décembre 1314 (n° 322).

Vitr. 27. — Charte des franchises de Vaucouleurs, portant au dos ces mots : *Ce fu fait par moy,* de la main de Jean, sire de Joinville, l'historien de saint Louis, septembre 1298 (n° 300).

Requête du clergé de Lyon au pape, sollicitant la confirmation du traité conclu entre le roi de France et l'archevêque de Lyon, avec quarante sceaux pendants du clergé lyonnais et une petite pièce annexée par l'évêque d'Autun déclarant que le prélat ne connaît pas l'acte auquel il donne son approbation, février-mars 1308 (n° 312).

Vitr. 28. — Testament et codicille du roi Charles le Bel, octobre 1324 (n° 333).

Traité conclu entre Philippe VI et Humbert II, dauphin de Viennois, pour la cession du Dauphiné à la France, 23 avril 1343 (n° 352).

Vitr. 29. — Don fait par Philippe VI au pape d'un camahieu (camée) de la Sainte Chapelle de Paris, 21 juin 1343 (n° 353).

Codicille du testament du sire de Beaujeu, maréchal de France, tué à Ardres en combattant contre les Anglais, avec des écus et des dessins tracés par différents témoins, 6 avril 1347 (n° 360).

Procès-verbal du serment de maintenir les privilèges de l'Église, prêté par le roi Jean devant le chapitre de Notre-Dame de Paris, lors de son avènement, 17 octobre 1350 (n° 364).

Ordonnance royale portant réunion au domaine de la Couronne du duché de Bourgogne, des comtés de Champagne et de Toulouse, novembre 1361 (n° 380.)

Vitr. 30. — Fondation de messes par le chapitre de Rouen à l'intention du roi Charles V; lettre majuscule contenant un dessin qui représente le Roi agenouillé devant la Vierge; 20 juillet 1366 (n° 385.)

Défense faite par Charles V d'aliéner l'hôtel Saint-Pol, juillet 1364 (n° 383). — Le dessin de la lettre initiale représente le Roi assis; au bas de l'acte, trois fleurs de lis tracées à la plume sont invoquées comme argument en faveur de l'opinion qui attribue à Charles V la réduction au nombre de trois des fleurs de lis, auparavant illimitées, de l'écusson royal.

Lettre autographe de Charles V au trésorier Pierre

Scatisse pour demander des fonds et ordonner divers payements, 7 décembre 1367 (n° 386).

Lettre close de Charles V concernant la rançon de Duguesclin, avec deux lignes de la main du Roi, 5 mars 1368 (n° 387).

Vitr. 31. — Certification du don d'un morceau de la vraie croix au duc de Berry, avec lettre initiale figurant la donation, janvier 1372 (n° 393).

Fondation d'anniversaires à Saint-Denis par Blanche de Navarre, deuxième femme de Philippe de Valois, acte en double exemplaire; les deux exemplaires sont décorés de la même miniature très finement exécutée; juin 1372 (n° 394).

Plan de l'ancien collège de la Petite-Marche, près la place Maubert, vers 1375 (n° 396).

Vitr. 32. — Ordonnance fixant la majorité des rois à l'âge de quatorze ans, en double exemplaire, août 1374 (n° 395). — Remarquables lettres ornées.

Vitr. 33. — Fondation par Charles V de la Sainte Chapelle de Vincennes, en double exemplaire, novembre 1379 (n° 401). — La lettre initiale, figurant la donation, offre un portrait remarquable du Roi.

Statuts des secrétaires notaires du Roi, portant la première signature autographe de Charles VI conservée aux Archives, lettres dorées à la première ligne, 23 mai 1389 (n° 410).

Vitr. 34. — Don du château de Cachan à Louis, duc d'Anjou, par Bertrand Duguesclin, avec la signature autographe du connétable *Bertrain* (ou Bertram) sur le repli, 8 juillet 1377 (n° 398).

Ordre de payement pour une compagnie de gens de guerre, avec le sceau secret du Roi représentant le roi Jean (?), 8 avril 1378 (n° 399).

Déclaration du duc de Berry reconnaissant que son apanage, le duché de Berry, doit revenir après lui à la couronne de France, 4 novembre 1386 (n° 406). — Les grandes lettres initiales sont les premières du nom du duc [*Ieh*].

Accord entre les juifs de la langue d'oc et ceux de la langue d'oïl, 6 août 1389 (n° 412).

Vitr. 35. — Traité de mariage entre Jean, duc de Berry, et Jeanne de Boulogne, 5 juin 1389; la première lettre est formée d'un dessin figurant les deux époux se donnant la main (n° 411).

Instruction diplomatique donnée par Charles VI à ses envoyés auprès du pape, 24 janvier 1393 (n° 415).

Acte associant le duc de Berry, comme confrère, aux prières des religieux de Saint-Barthélemy de Bruges, 13 décembre 1402 (n° 422). — La miniature décorant la lettre initiale contient un curieux portrait du duc de Berry.

Vitr. 36. — Lettres d'amortissement données par Charles VI, chef-d'œuvre de calligraphie, orné d'élégants fleurons bleu et or, 8 octobre 1400 (n° 420).

Testament de Louis, duc d'Orléans, frère de Charles VI, assassiné rue Barbette, 19 octobre 1403 (n° 425).

Traité secret entre la reine Isabeau, les ducs de Berry et d'Orléans, portant alliance défensive et engagement réciproque de se maintenir au pouvoir, avec signature des trois contractants, 1er décembre 1405 (n° 426).

Vitr. 37. — Mandement de Charles VI pour l'exécution des lettres patentes portant concession d'eau aux Célestins de Paris, 6 juillet 1403 (n° 424). — Sceau plaqué, protégé par une torsade en parchemin.

Liasse de soixante-dix-sept pièces contenant les serments prêtés par les gens des trois États du comté de Montfort-l'Amaury, d'observer la paix ordonnée par le Roi, 20 et 21 avril 1415 (n° 433).

Condamnation par l'évêque de Paris et l'inquisiteur de France de la justification du duc de Bourgogne par

Jean Petit, au sujet de l'assassinat du duc d'Orléans, 23 février 1414 (n° 432).

Registre des ordonnances de la prévôté des marchands de Paris, 1371-1547 ; écusson aux armes de la ville de Paris (n° 434).

Vitr. 38. — Capitulation de Vitry, pièce sur laquelle figure, en qualité de commissaire du roi d'Angleterre, Pierre Cauchon, évêque de Beauvais, le juge de Jeanne d'Arc, 4 octobre 1424 (n° 440).

Attestation de la coutume du duché de Lorraine, avec cinquante-neuf petits sceaux des seigneurs lorrains appendus aux quatre côtés de l'acte, 13 décembre 1425 (n° 442).

Liste des seigneurs autorisés par le duc Charles d'Orléans à porter son ordre du Camail, 8 mars 1439 (n° 452).

Vitr. 39. — Contrat de mariage de Louis de Bourbon et de Jeanne, dauphine d'Auvergne, avec nombreuses signatures autographes de témoins, 9 octobre 1426 (n° 443).

Registre du conseil du Parlement de Paris avec une note relatant la levée du siège d'Orléans et un dessin où le greffier a voulu figurer Jeanne d'Arc et sa bannière (n° 447).

Mandement de Henri VI, roi d'Angleterre et de France, à Thomas Blount, trésorier de Normandie, ordonnant l'achat d'engins de guerre pour le siège de Louviers, 2 juin 1431 (n° 448).

Quittance donnée par Saintrailles d'une somme destinée à l'entretien de ses hommes d'armes, avec la signature autographe *Poton,* 6 août 1438 (n° 451).

Vitr. 40. — Lettre de Charles VII au garde du trésor des chartes, avec la signature autographe du Roi, 30 octobre 1454 (n° 461).

Lettre de Charles le Téméraire au Parlement de Paris, portant la signature autographe du duc de Bourgogne, 30 octobre 1462 (n° 465).

Lettre signée de la reine Marie d'Anjou, veuve de Charles VII, au Parlement de Paris, 8 juin 1463 (n° 466).

Quittance portant la signature autographe d'Arthur, comte de Richemont, connétable de France, 24 septembre 1453 (n° 459).

Quittance d'une somme destinée à la défense des places de Beaucaire et d'Aigues-Mortes, portant la signature autographe de Tanneguy Duchâtel, 2 août 1440 (n° 454).

Vente à Louis XI de la seigneurie de Montilz-lez-Tours, 15 février 1464; lettre initiale S ornée d'un écusson aux armes de France (n° 467).

Vitr. 41. — Lettre autographe signée de Jean Balue, plus tard cardinal, au chancelier de France, 1er mai 1465 (n° 474).

Serment de fidélité prêté au roi Louis XI par Jacques d'Armagnac, duc de Nemours, avec signature autographe, 9 novembre 1465 (n° 479).

Lettre de Louis XI au gouverneur de l'Anjou, pour lui demander l'envoi de boulets de pierre, 3 juillet 1472 (n° 489).

Quittance de vente d'un livre imprimé, écrite et signée de la main de Pierre Schœffer, un des inventeurs de l'imprimerie, 20 juillet 1468 (n° 484).

Livre rouge du Châtelet de Paris, contenant la transcription d'ordonnances et arrêts relatifs à la prévôté de Paris et à la juridiction du Châtelet, 1473 (n° 491).

Vitr. 42. — Lettres de naturalité données par Louis XI aux premiers imprimeurs venus d'Allemagne pour s'établir à Paris, février 1475 (nº 494).

Lettre de Louis XI à la duchesse d'Orléans, mère de Louis XII, portant la signature du Roi, 23 octobre 1475 (nº 495).

Lettre de Louis XI au Parlement, avec une ligne de la main du Roi et sa signature autographe, 17 janvier 1478 (nº 498).

Lettre d'Olivier le Dain au Parlement, avec souscription et signature autographes, 23 juillet 1482 (nº 510).

Lettre de Louis de la Trémouille au Parlement au sujet d'un procès intenté par lui à Philippe de Commynes, 4 avril 1478 (nº 499).

Lettre d'Anne de France, fille de Louis XI, au Parlement, avec signature autographe, 7 juin 1478 (nº 501).

Lettre de René, duc d'Anjou, au Parlement, avec signature autographe, 1ᵉʳ avril 1479 (nº 504).

Vitr. 43. — Traité d'Arras conclu entre Louis XI et les députés des villes de Flandre agissant au nom de l'archiduc Maximilien, accompagné de vingt-trois sceaux, 23 décembre 1482 (nº 512).

Registre des cens dus au chapitre de Paris à cause de leur château de Bicêtre, 1474 (nº 493). — Au premier feuillet, dessin à la plume représentant le château de Bicêtre.

Revue de la garnison du Mont-Saint-Michel par Jean de Québriac, seigneur de Champrepus, 7 décembre 1495 (nº 537).

Vitr. 44. — Procuration d'Anne, duchesse de Bretagne, pour conclure un traité d'alliance avec le roi d'Angleterre, signature autographe, 15 février 1490 (nº 525).

Affiche du grand pardon de l'Hôtel-Dieu de Paris, imprimée en caractères gothiques majuscules, vers avril 1492 (nº 532).

Promesse de mariage entre Claude de France et François, duc de Valois et comte d'Angoulême, depuis François Ier, 31 mai 1505; signatures autographes (n° 546).

Lettre de Claude de France à Ferdinand le Catholique, avec souscription et signature autographes, 7 septembre 1515 (n° 562).

Vitr. 45. — Lettres patentes ordonnant l'enregistrement au Parlement du Concordat conclu par François Ier avec le pape, 13 mai 1517 (n° 565).

Reconnaissance, entièrement autographe, de l'historien Philippe de Commynes, 1er février 1509 (n° 552).

Lettres de François Ier relatives à la fondation du Havre-de-Grâce, 13 mai 1518 (n° 568).

Vitr. 46. — Mandement du chancelier du Prat pour la publication des bulles du pape Clément VII accordant au roi de France un décime sur les biens du clergé pour la guerre contre les Turcs, pièce imprimée sur parchemin, 7 janvier 1527 (n° 579).

Lettre autographe de François Ier à l'Impératrice, femme de Charles-Quint, fin de 1529 (n° 582).

Lettres patentes de François Ier proclamant la réunion

perpétuelle du duché de Bretagne à la couronne de France, août 1532 (n° 587).

Vitr. 47. — Articles du mariage du duc Henri d'Orléans, plus tard Henri II, et de Catherine de Médicis, 27 octobre 1533 (n° 591).

Procédure contre le connétable de Bourbon, septembre 1524 (n° 575).

Quittance portant la signature de Diane de Poitiers, duchesse de Valentinois, 16 août 1555 (n° 638).

Vitr. 48. — Lettre autographe de François Ier à l'Impératrice, femme de Charles-Quint, au sujet de l'entrevue d'Aigues-Mortes, fin juillet 1538 (n° 612).

Lettre de François Ier à Charles-Quint l'engageant à traverser la France pour aller réprimer la révolte des Gantois, 1539 (n° 614).

Lettre de Marguerite d'Angoulême, sœur de François Ier, reine de Navarre, et du roi de Navarre, Henri d'Albret, engageant Charles-Quint à passer par la France, 1539 (n° 616).

Quittance portant la signature de Gaspard de Colligny, amiral de France, 22 octobre 1555 (n° 639).

Quittance signée par Robert de la Marck, duc de Bouillon, maréchal de France, 14 février 1549 (n° 629).

Testament d'Éléonore d'Autriche, veuve de François Ier, 31 août 1556 (n° 641).

Vitr. 49. — Quittance avec signature autographe

de Pierre Lescot, architecte du Louvre, 4 mai 1536 (n° 597).

Lettre du roi Henri II à Philippe II, roi d'Espagne, en réponse à ses condoléances sur la mort de François Ier, 1547 (n° 626).

Traité de mariage de François, dauphin de France, et de Marie Stuart, reine d'Écosse, 19 avril 1558 (n° 646).

Lettre autographe de François II à Philippe II, roi d'Espagne, 1560 (n° 657).

Lettre de Marie Stuart à Philippe II, roi d'Espagne 1560 (n° 658).

Édit d'Orléans rendu par Charles IX sur l'initiative du chancelier de l'Hospital, janvier 1561 (n° 662).

Vitr. 50. — Lettre d'Antoine de Bourbon, roi de Navarre, père de Henri IV, à Philippe II, roi d'Espagne, 1561 (n° 664). — La signature seule est autographe.

Lettre collective du duc de Guise, du connétable de Montmorency et du maréchal de Saint-André, avec une apostille du roi de Navarre, à Philippe II, roi d'Espagne, au sujet des affaires religieuses de France, 21 avril 1562, (n° 665).

Dépêches secrètes adressées par Colligny à Montgomery, écrites sur la toile de la doublure d'un pourpoint, 25 septembre 1562 (n° 667).

Lettre de Charles IX à Philippe II, roi d'Espagne, au sujet de l'assassinat du duc François de Guise au siège d'Orléans, fin février 1563 (n° 668).

Lettre sur le même sujet que la précédente, adressée par Catherine de Médicis à Philippe II, fin février 1563 (n° 669). — Voir la signature de Catherine, p. 62.

Vitr. 51. — Lettre de Jeanne d'Albret, reine de Navarre, mère de Henri IV, au roi d'Espagne Philippe II, pour se recommander à lui, avril 1564 (n° 672).

Quittance signée de Henry de Lorraine, duc de Guise, 27 novembre 1565 (n° 677).

Quittance signée de François de Colligny, seigneur d'Andelot, 26 juin 1567 (n° 681).

Lettre de Charles, cardinal de Bourbon, dit le Roi de la Ligue, à Philippe II, roi d'Espagne, au sujet des affaires religieuses de France, 25 décembre 1567 (n° 682).

Lettre du cardinal Charles de Lorraine à Philippe II pour appeler ses rigueurs sur les hérétiques des Pays-Bas, 6 janvier 1568 (n° 684).

Lettre autographe de Michel de l'Hôpital, chancelier de France, renvoyant les sceaux à Charles IX, 7 octobre 1568 (n° 685).

Lettre de Charles IX à Philippe II, au sujet de la mort d'Élisabeth de France et du projet de mariage du roi de France avec Élisabeth d'Autriche, janvier 1569 (n° 688).

Vitr. 52. — Pièce signée par Henri, prince de Navarre, Henri de Bourbon, prince de Condé, et Gaspard de Colligny, amiral de France, au sujet du payement des reîtres allemands appelés par les protestants, 12 février 1570 (n° 692).

Lettre, avec souscription autographe, de Gaspard de Colligny au sujet du payement des reîtres allemands, 7 septembre 1571 (n° 697).

Lettre de Catherine de Médicis au roi Philippe II, à l'occasion de la Saint-Barthélemy, 28 août 1572 (n° 702).

Lettre de Louis, cardinal de Guise, à Philippe II, pour

lui recommander Besme, le meurtrier de Colligny,
17 décembre 1574 (n° 705).

Lettre du roi Henri III à Philippe II pour lui faire
part de son mariage avec Louise de Lorraine-Vaudemont, 12 février 1575 (n° 706).

Vitr. 53. — Lettre de Blaise de Montluc annonçant
à Philippe II sa nomination de maréchal de France,
1er mars 1575 (n° 707).

Lettre de Louise de Lorraine-Vaudemont, femme de
Henri III, à Philippe II, lui recommandant un parent,
27 juin 1575 (n° 708).

Reçu de blocs de marbre, portant la signature de

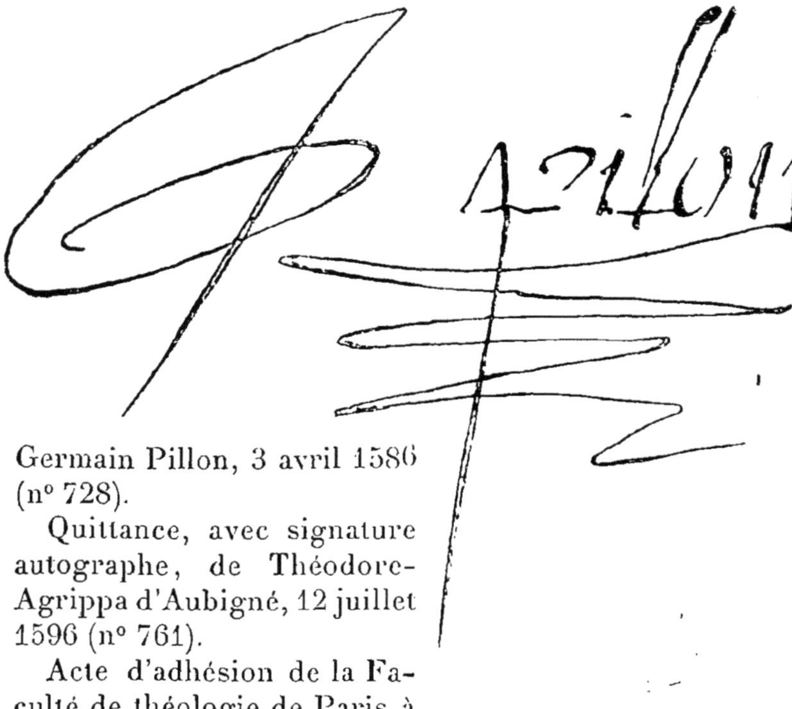

Germain Pillon, 3 avril 1586
(n° 728).

Quittance, avec signature
autographe, de Théodore-
Agrippa d'Aubigné, 12 juillet
1596 (n° 761).

Acte d'adhésion de la Fa-
culté de théologie de Paris à
la Sainte Ligue, avec les signatures des membres de la
Faculté, 22 août 1588 (n° 736).

Vitr. 54.—Lettres par lesquelles les chefs de la Ligue,

le cardinal de Bourbon, le cardinal de Guise et le duc Henri de Guise, reconnaissent avoir reçu du roi d'Espagne un subside de trois cent mille écus, 4 mai 1585 (n° 726).

Lettre autographe de Henri de Bourbon, roi de Navarre, plus tard Henri IV, à un de ses lieutenants, 10 octobre 1585 (n° 727).

Lettre de Henri, duc de Guise, à Philippe II, le remerciant des services rendus à la Ligue, août 1586 (n° 739).

Lettre de Catherine de Clèves, duchesse de Guise, en réponse aux condoléances du roi Philippe II sur la mort du duc de Guise son mari, février 1589 (n° 740).

Lettre de Henri III à Philippe II, en réponse aux condoléances du roi d'Espagne sur la mort de Catherine de Médicis, 5 avril 1589 (n° 741).

Sentence de la Prévôté de l'Hôtel ordonnant que le cadavre de Jacques Clément, l'assassin de Henri III, sera écartelé et réduit en cendres, 2 août 1589 (n° 744).

Vitr. 55. — Lettres patentes adressées à la cour des monnaies par le cardinal de Bourbon, roi de la Ligue, sous le nom de Charles X, ordonnant de frapper des monnaies à son effigie, 15 décembre 1589 (n° 745).

Édit de Nantes en faveur des protestants, avril 1598 (n° 763).

Inventaire des biens meubles de Gabrielle d'Estrées, dressé par ordre de Henri IV, avril-mai 1599 (n° 765).

Vitr. 56. — Lettre du duc de Mayenne, chef de la Ligue, à Philippe II, pour lui demander des secours, 6 décembre 1590 (n° 751).

État nominatif des gages et pensions des professeurs au Collège de France, 2 août 1601 (n° 768).

Observations de Sully, ministre des finances, sur les agissements des trésoriers généraux de France à Limoges, 24 décembre 1601 (n° 769).

Quittance portant la signature de Philippe de Mornay, comme capitaine du château de Saumur, 21 octobre 1606 (n° 772).

Donation faite au couvent des Minimes de Nigeon par Diane Corisande d'Andouins, comtesse de Guiche et de Grammont, appelée *la Belle Corisande,* 1606 (n° 771).

Minute de la délibération des Chambres assemblées du Parlement de Paris, conférant la régence à Marie de Médicis, après l'assassinat de Henri IV, 14 mai 1610 (n° 778).

Vitr. 57. — Lettre de Marie de Médicis régente à Philippe III, roi d'Espagne, 16 novembre 1610 (n° 779).

Souscription autographe de saint François de Sales au bas de la ratification de l'élection du capucin Maximien de Moulins comme député du clergé de Gex aux États généraux, 31 juillet 1614 (n° 781).

Procès-verbal de l'érection de la statue de Henri IV sur le terre-plein du Pont-Neuf, avec le rouleau de plomb qui contenait ce parchemin, rouleau retrouvé dans une des jambes du cheval lors de la destruction de la statue en 1792, 23 août 1614 (n° 782).

Mandement de Louis XIII ordonnant de remettre deux blocs de marbre à Pierre de Francheville pour achever le piédestal de la statue de Henri IV, 23 janvier 1615 (n° 786).

Lettre de Louis XIII à Marie de Médicis sa mère,

corrigée par le duc de Luynes. favori du Roi, 21 mars 1618 (n° 789).

Vitr. 58. — Lettre de Concino Concini, marquis d'Ancre, favori de Marie de Médicis, au duc de Lerme, premier ministre d'Espagne, 19 janvier 1615 (n° 785).

Lettre de Léonora Dori Galigaï, marquise d'Ancre, adressée au duc de Lerme, 18 janvier 1615 (n° 784).

Minute de l'arrêt du Parlement de Paris condamnant Léonora Galigaï, marquise d'Ancre, à être décapitée et brûlée en place de Grève, comme sorcière, 8 juillet 1617 n° 788).

Lettre du cardinal de Richelieu à Pierre de Bérulle, supérieur de la congrégation de l'Oratoire, sur le mariage de la fille de Henri IV avec Charles Ier, roi d'Angleterre, 12 septembre 1624 (n° 802).

Lettre d'Anne d'Autriche au comte d'Olivarès, premier ministre de Philippe IV, en espagnol, 11 février 1625 (n° 803).

Lettre de Henri, duc de Montmorency, une des victimes de Richelieu, au cardinal de Bérulle, 8 juillet 1628 (n° 808).

Vitr. 59. — Lettre d'Élisabeth de France, mariée au prince des Asturies, à son frère le roi Louis XIII, 15 juin 1616 (n° 793).

Déclaration de César, duc de Vendôme, relativement à la succession de sa mère Gabrielle d'Estrées, duchesse de Beaufort, 28 juin 1623 (n° 801).

Information relative à la possession des Ursulines de Loudun, avec souscription et signature de Martin de

Laubardemont, intendant de justice dans les provinces de l'Ouest, 13-14 février 1637 (n° 818).

Contrat de mariage de Louis de Bourbon, duc d'Enghien, plus tard prince de Condé, le vainqueur de Rocroi, avec Claire-Clémence de Maillé, 7 février 1641 (n° 827).

Lettre du cardinal de Richelieu à Henri de Sourdis, archevêque de Bordeaux, à l'occasion d'un succès qu'il venait de remporter sur la flotte espagnole, 1.er septembre 1638 (n° 822).

Lettre de Turenne au cardinal Mazarin, au sujet de l'arrestation de son frère compromis dans la conspiration de Cinq-Mars, 7 juillet 1642 (n° 832).

Vitr. 60. — Alphabet de correspondance secrète probablement employée pendant le siège de la Rochelle, 1628 (n° 809).

Lettre de Sourdis, archevêque de Bordeaux, lieutenant général du Roi en son armée navale, au cardinal de Richelieu, 16 juin 1638 (n° 821).

Lettre de Henri de Bourbon, prince de Condé, père du grand Condé, sur l'échec de Fontarabie, 11 septembre 1638 (n° 823).

Lettre de Séguier, chancelier de France, au prince de Condé, 28 juin 1640 (n° 825).

Lettre de Jean Chapelain, de l'Académie française, au duc de Longueville, sur les affaires du temps, 27 juin 1641 (n° 829).

Lettre du seigneur de la Meilleraye, plus tard duc et pair, maréchal de France et grand maître de l'artillerie, au duc de Longueville, 30 juin 1641 (n° 830).

Ici on revient de plusieurs siècles en arrière, la dimension des documents exposés dans les vitrines 61-65 n'ayant pas permis de les placer à leur date.

Vitr. 61. — Tablettes de cire de Jean Sarrazin, contenant les comptes de l'hôtel de saint Louis, 1256-1257 (n° 258).

Rouleau composé de douze feuilles de parchemin et mesurant onze mètres de longueur, contenant une histoire universelle et des généalogies, le tout enrichi de dessins et de miniatures, fin du XIVe siècle (n° 419).

Vitr. 62. — Livre des serments de l'Église de Paris, sur lequel prêtaient serment les dignitaires de l'Église, à leur entrée en fonctions; curieuses miniatures (n° 275).

Registre du Trésor des chartes, contenant la copie de traités ou de négociations avec divers pays étrangers, orné de délicates miniatures (n° 359).

Registre des ordonnances de l'Hôtel du Roi, avec une miniature représentant saint Louis, peinture qu'il ne faut pas regarder comme un portrait, 1261-1320 (n° 327).

Vitr. 63. — Procès-verbal d'arpentage de la forêt de Longbouel, dans la vicomté de Rouen, avec trois plans de diverses parties de la forêt, novembre 1565 (n° 676.)

Registre contenant les titres du collège de Hubaut ou de l'Ave-Maria, avec des dessins représentant la vie de collège, 1387 (n° 408).

Cartulaire blanc de l'abbaye de Saint-Denis, renfermant les privilèges et titres de propriété de l'abbaye depuis la première race, vers 1300 (n° 305).

Vitr. 64. — Registre terrier de Meudon, décoré de lettres ornées et de miniatures, 1519 (n° 570).

Belle miniature représentant l'hommage de Jean de Saincte-Maure au roi René, 15 mai 1466 (n° 481).

Registre des ordonnances de la Chambre des comptes, avec miniature représentant le Roi présidant la Chambre, vers 1490 (n° 523).

Vitr. 65. — Statuts de la Faculté de théologie de l'Université de Paris, 1528 (n° 581).

Inventaire des titres du couvent des frères de la Charité-Notre-Dame, dit des Billettes, avec miniature représentant le miracle de *l'Hostie profanée par le juif*, 1530 (n° 583).

Registre contenant la transcription des privilèges de
la Chambre des comptes, avec un frontispice représentant l'intérieur et la décoration de la Chambre, 1552
(n° 634).

Armorial de l'Ordre du Saint-Esprit, vers 1662
(n° 908).

Ici les vitrines reprennent l'ordre chronologique.

Vitr. 66. — Quittance portant la signature de saint
Vincent de Paul, supérieur général de la congrégation
des prêtres de la Mission, 6 juillet 1643 (n° 839).

Lettre du duc d'Enghien au cardinal Mazarin lui annonçant la victoire de Rocroi, 19 mai 1643 (n° 837).

Promesse signée par le cardinal Mazarin de ne prendre aucune résolution sur les affaires de l'État sans
l'avis du prince de Condé, 2 octobre 1649 (n° 843).

Lettre de Nicolas Foucquet, plus tard surintendant
des finances, au cardinal Mazarin, 1650 (n° 844).

Lettre de Gaston, duc d'Orléans, frère de Louis XIII,
à son beau-frère Philippe IV, roi d'Espagne, pour réclamer la liberté du duc de Guise, 10 juin 1651 (n° 845).

Lettre de Michel Le Tellier, secrétaire d'État de la
guerre, au vicomte de Turenne, 31 janvier 1660 (n° 854).

Traités des Pyrénées, entre la France et l'Espagne,
7 novembre 1659 (n° 852).

Vitr. 67. — Lettre du cardinal de Retz à son intendant sur ses affaires privées, 5 novembre 1672 (n° 867).

Lettre de Marie de Rohan, duchesse de Luynes, puis
de Chevreuse, au cardinal Mazarin, avril 1655 (n° 851).

Ratification du contrat de mariage de Henri de Bourbon, duc d'Enghien, avec Anne de Bavière ; signatures

de tous les hauts personnages de la cour, 10 décembre 1663 (nº 856).

Mémoire autographe de Colbert, adressé à Louis XIV, sur les travaux de Versailles, 1665 (nº 857).

Lettre de Marie-Thérèse d'Autriche, reine de France, à sa belle-mère Marie-Anne d'Autriche, veuve du roi d'Espagne Philipppe IV, 19 février 1667 (nº 858).

Vitr. 68. — Notice composée par Mme de Motteville sur la vie de la reine d'Angleterre Henriette-Marie, pour servir à son oraison funèbre, 1669 (nº 862).

Instructions données par Louvois au gouverneur de la citadelle de Pignerol relativement à la captivité de Lauzun, 26 novembre 1671 (nº 865).

Lettre autographe de Louis XIV à Marie-Anne d'Autriche, régente d'Espagne, 23 décembre 1671 (nº 866).

Lettre de Louis XIV à Charles II, roi d'Espagne, pour lui annoncer la mort de la reine Marie-Thérèse, 1er août 1683 (nº 883).

Interrogatoire de la marquise de Brinvilliers, empoisonneuse célèbre, devant le Parlement de Paris, 15 juillet 1676 (nº 871).

Vitr. 69. — État de comptant de l'année 1679, contenant la liste des gratifications accordées par le Roi, 15 décembre 1682 (nº 881).

Déclaration de l'assemblée extraordinaire du clergé

de France sur la puissance ecclésiastique, portant les signatures de soixante-huit prélats, 19 mars 1682 (n° 879).

Édit de Louis XIV portant révocation de l'édit de Nantes, octobre 1685 (n° 887).

Vitr. 70. — Contrat de mariage de Louis, duc de Bourbon, plus tard prince de Condé, avec Mlle de Nantes, fille légitimée de Louis XIV et de Mme de Montespan, 23 juillet 1685 (n° 885).

Lettres patentes de Louis XIV portant érection de la seigneurie de Beaufort en duché pour Charles de Montmorency-Luxembourg, prince de Tingry, mai 1688 (n° 892).

Vitr. 71. — *Lettres autographes de personnages célèbres du temps de Louis XIV :*

Lettre de Philippe, duc d'Orléans, frère du Roi, au comte de Pontchartrain, 11 juin 1693 (n° 899).

Lettre du maréchal de Vauban à Chamillart, 26 août 1704 (n° 917).

Lettre de Mlle de La Vallière, en religion sœur Louise de la Miséricorde, au contrôleur général des finances, 24 mars 1707 (n° 921).

Lettre du maréchal Catinat sur la prise de Casal, 28 juin 1684 (n° 884).

Billet de Mme de Maintenon au contrôleur général des finances, 8 octobre 1714 (n° 944).

Lettre du duc de Vendôme, datée d'Anet, 11 mars 1708 (n° 929).

Lettre d'Anne de Chabot de Rohan, princesse de Soubise, par qui fut acheté l'hôtel des Guise, comme on l'a vu dans la première partie de cette étude, 27 janvier 1701 (n° 910).

Lettre du marquis de Torcy, neveu de Colbert, au cardinal de Noailles, archevêque de Paris, 8 juin 1707 (n° 924).

Lettre de la duchesse du Maine à Nicolas de Malézieu, de l'Académie française, 29 avril 1703 (n° 913).

Lettre de la duchesse de Portsmouth au comte de Pontchartrain, 4 octobre 1692 (n° 897).

Lettre de la princesse des Ursins à Desmaretz, 6 juin 1715 (n° 945).

Lettre de la comtesse de Grignan au comte de Pontchartrain, 15 novembre 1691 (n° 893).

Vitr. 72. — Lettre de Philippe d'Orléans à Nicolas Desmaretz, 19 mars 1708 (n° 931).

Contrat de mariage du duc de Berry et de Marie-Louise-Élisabeth d'Orléans, et dispense de bans pour ce mariage, 5 juillet 1710 (n°ˢ 933 A et B).

Lettre d'Anne de Bavière, princesse de Condé, à Pontchartrain, 12 août 1713 (n° 939).

Lettre du duc du Maine, 14 juillet 1710 (n° 934).

Vitr. 73. — Lettre de Nicolas Desmaretz, contrôleur général des finances, au duc du Maine, 8 juin 1710 (n° 932).

Demande d'audience adressée par Law au contrôleur général des finances, 24 décembre 1713 (n° 940).

Acte de renonciation à la couronne de France de Philippe, duc d'Anjou, devenu roi d'Espagne sous le nom de Philippe V, 7 novembre 1712 (n° 937).

Lettre du duc de Villars, maréchal de France, 1ᵉʳ février 1714 (n° 942).

Lettre de l'abbé de Rancé, réformateur de la Trappe, relative à l'abbaye de Saint-Victor de Paris, 17 avril 1688 (n° 891).

Lettre d'André Le Nostre, contrôleur général des bâtiments et jardins du Roi, créateur du parc de Versailles, février 1695 (n° 900).

Édit de Louis XIV appelant à la succession au trône les princes légitimés à défaut de princes légitimes, juillet 1714 (n° 943).

Vitr. 74. — *Autographes d'écrivains, de poètes, d'artistes et de savants du siècle de Louis XIV :*

Lettre de Mˡˡᵉ de Scudéry écrite à l'âge de quatre-vingt-quatorze ans, 27 janvier 1701 (n° 909).

Lettre de Philippe Quinault, 26 février 1686 (n° 889).

Lettre de Daniel Huet, évêque d'Avranches, 2 décembre 1698 (n° 904).

Lettre de Bossuet au supérieur de l'Oratoire, 16 avril 1678 (n° 874).

Autre lettre de Bossuet adressée au comte de Pontchartrain, 11 mai 1692 (n° 895).

Plainte de La Bruyère à l'occasion d'un vol, 8 août 1679 (n° 875 *bis*).

Aveu rendu par Pierre Corneille au commandeur de Sainte-Vaubourg pour des terres sises sur la paroisse de Saint-Jean du Val-de-la-Haye près Rouen, 13 août 1653 (n° 849 *bis*).

Requête de Jean Racine pour être reçu conseiller secrétaire du Roi, février 1696 (n° 902).

Vitr. 75. — Deux signatures de Molière, la seconde accompagnée de celle de sa femme (n°s 854 *bis* et 866 *bis*).

Lettre du duc de Saint-Simon, l'auteur des *Mémoires*, 1707 (n° 922).

Lettre de Fénelon, archevêque de Cambrai, à la marquise de Trélon, duchesse de Holstein, 21 décembre 1703 (n° 915).

Soumission de Jean-Baptiste Lulli pour la charge de Conseiller secrétaire du Roi, Maison Couronne de France et de ses finances, 29 décembre 1681 (n° 878).

Déposition signée de Nicolas Boileau dans l'information des vie et mœurs de Jean Racine nommé secrétaire du Roi, 16 février 1696 (n° 903).

Vitr. 76. — *Savants et artistes :*
Extrait de l'inventaire du Trésor des chartes transcrit par Du Cange, 1651 (n° 846).

Lettre d'Étienne Baluze, 4 décembre 1705 (n° 919).

Procès-verbal de l'examen du cartulaire de Brioude par dom Mabillon, 23 juillet 1695 (n° 901).

Spécimen des faux exécutés par Jean-Pierre de Bar et parafés lors de son interrogatoire, 1703 (n° 901 B).

Quittance signée par Denys Godefroy, 17 novembre 1678 (n° 875).

Lettre de dom Bernard de Montfaucon, vers 1725 (n° 959).

Lettre de Jean Mabillon à l'abbesse de Notre-Dame d'Yerres, 1er mai 1707 (n° 923).

Pièce signée par l'abbé Haüy, minéralogiste, et par le grammairien Lhomond, 2 février 1773 (n° 1012).

Lettre de Jules Hardouin-Mansart, premier architecte et surintendant des bâtiments du Roi, 23 février 1708 (n° 926).

Lettre de l'abbé de Chaulieu, 14 janvier 1686 (n° 888).

Vitr. 77. — *Littérateurs et poètes :*

Lettre de l'abbé de Saint-Pierre, de l'Académie française, 2 mars 1708 (n° 927).

Lettre du poète tragique Crébillon sur son logement du Louvre, 1752 (n° 977).

Lettres de Voltaire réclamant aide et protection contre les violences du roi de Prusse, 5 et 7 juin 1753 (n°s 981 et 979).

Lettre du journaliste Fréron, 7 mars 1754 (n° 983).

Lettre du peintre Joseph Vernet au marquis de Marigny sur la suite des *Ports de France,* 12 novembre 1761 (n° 997).

Lettre de Buffon au contrôleur général des finances, 30 août 1769 (n° 1008).

Lettre de l'architecte Soufflot, relative au dôme de l'église de Sainte-Geneviève, 5 mai 1770 (n° 1010).

Lettre de l'acteur Lekain au marquis de Marigny, 30 juin 1759 (n° 993).

Lettre du peintre Charles Natoire, auteur des tableaux de l'histoire de Psyché décorant le salon ovale de la princesse de Soubise, 1er décembre 1751 (n° 974).

Vitr. 78. — Lettre de Voltaire à l'empereur d'Allemagne réclamant aide et protection contre le roi de Prusse, 5 juin 1753 (n° 980).

Lettre de Voltaire au comte de Saint-Florentin, 2 juillet 1762 (n° 999).

Contrat de mariage du prince de Condé et de Mlle de Rohan-Soubise, 2 mai 1753 (n° 978).

Dessin de Gabriel de Saint-Aubin, en tête de l'état du régiment du comte de Provence (n° 1010 *bis*).

Testament olographe de la reine Marie Leczinska, 24 juin 1767 (n° 1002).

Déclaration de Louis XVI concernant l'abolition de la question préparatoire, 24 août 1780 (n° 1026).

Édit de Louis XVI portant abolition de la servitude, août 1779 (n° 1023).

Vitr. 79. — Serment du Jeu de paume, procès-verbal original avec les signatures des députés, 20 juin 1789 (n° 1086).

Vitr. 80. — Déclaration de Louis XVI concernant la réunion des États généraux, 23 juin 1789 (n° 1089).

Lettre du marquis de Dreux-Brézé in terdisant aux députés l'entrée de la salle des séances, 20 juin 1789 (n° 1085).

Cahiers de doléances des trois Ordres du bailliage de Calais, 8-26 mars 1789 (n° 1064).

Cahiers des districts du tiers état de Paris, présentés à l'assemblée générale de l'hôtel de ville le 27 avril 1789 (n° 1066).

Motion et projet d'adresse autographes de Mirabeau 8 juillet-16 juin 1789 (n° 1101 et 1082).

Motion de l'abbé Sieyès pour inviter les députés des Ordres privilégiés à se réunir à ceux des Communes, 10 juin 1789 (n° 1075).

Lettre de Louis XVI invitant Necker à sortir du royaume, 11 juillet 1789 (n° 1104).

Lettre de Necker en réponse à la précédente, informant le Roi de son départ, 11 juillet 1789 (n° 1105).

Arrêté pris sur la motion de Sieyès relativement à la vérification en commun des pouvoirs des trois Ordres, 10 juin 1789 (n° 1076).

Motion de Barnave pour demander le renvoi des ministres, 16 juillet 1789 (n° 1107).

Vitr. 81. — *Documents sur la Bastille :* Procès-verbal des séances tenues par la commission dite des vainqueurs de la Bastille, 22 mars-16 juin 1790, avec le ruban porté par les vainqueurs (n° 1166).

Plan de la Bastille offert à l'Assemblée nationale, le jour de la Fédération, par le patriote Palloy, 14 juillet 1790 (n° 1187).

État des prisonniers de la Bastille du 1er au 14 juillet 1789.

Arrêté du Comité permanent de l'hôtel de ville ordonnant la démolition de la Bastille, 16 juillet 1789 (n° 1111).

Vitr. 82. — Constitution de (1791 n° 1239).

Vitr. 83. — État des gratifications, pensions, indemnités délivrées par ordre du Roi, connu sous le nom de *Livre rouge* (n° 1164).

Assignat de mille livres, an III.

Constitution de 1793 (n° 1363).

Constitution de l'an III (n° 1435).

Constitution de l'an VIII (n° 1483).

Vitr. 84. — Lettre de la reine Marie-Antoinette à son frère Léopold II, empereur d'Allemagne, sur la situation intérieure de la France, 8 septembre 1791 (n° 1241).

Interrogatoire de Marie-Antoinette dans l'affaire de l'œillet, 3 septembre 1793 (n° 1378).

Procès-verbal des interrogatoires subis au Temple par le Dauphin, la Dauphine et Mme Élisabeth, 6 et 7 octobre 1793 (n° 1381).

Procès-verbal de déclaration faite par le Dauphin au

sujet de billets remis à Marie-Antoinette, 26 octobre 1793 (n° 1388).

Vitr. 85. — Testament de Louis XVI, janvier 1793. Dernière lettre de Marie-Antoinette, octobre 1793.

Vitr. 86. — Journal particulier, cahier de dépenses et carnet de chasses de Louis XVI, janvier 1766-juillet 1792 (n° 1281).

Discours de Louis XVI devant la Convention nationale après sa défense présentée par de Sèze, 26 décembre 1792 (n° 1334).

Lettre de Louis XVI à la Convention demandant un délai afin de se préparer à la mort et la permission de communiquer avec sa famille, 20 janvier 1793 (n° 1338).

Procès-verbal de l'inhumation de Louis XVI, 21 janvier 1793 (n° 1343).

Procès-verbal d'autopsie du corps de Louis XVII, 21 prairial an III (n° 1429 *bis*).

Ici reprend la suite chronologique des évènements du règne de Louis XV et de Louis XVI :

Vitr. 87. — Arrêt du Parlement nommant Philippe, duc d'Orléans, Régent du royaume, 2 septembre 1715 (n° 949).

Lettre du cardinal Dubois, premier ministre du Régent, au prince de Rohan, 30 decembre 1721 (n° 954).

Mémoire sur les prérogatives des ducs, présenté au Régent par le duc de Saint-Simon, 1722 (n° 955).

Pamphlet contre le gouvernement du Régent, composé avec des caractères imprimés, découpés un à un, vers 1720 (n° 953).

Billets de la banque de Law de 10, 50, 100 et 1,000 livres tournois, 1719-1720 (n° 952).

Vitr. 88. — Lettre du duc de Noailles à Stanislas Leczinski à l'occasion du mariage du roi Louis XV, 6 septembre 1725 (n° 958).

Billet du duc d'Antin, fils de Mme de.Montespan, rela-

tif à l'emprisonnement à la Bastille du duc de Richelieu, 26 mars 1719 (n° 951).

Lettre du duc de La Vallière, le bibliophile, à Jacques-
Ange Gabriel, premier architecte du Roi, sur le terrain
destiné à la construction de l'École militaire, 5 juin 1751
(n° 972).

Mémoire adressé par Stanislas Leczinski à sa fille,
femme de Louis XV, 1738 (n° 964).

Lettre du duc d'Aiguillon, 4 mai 1768 (n° 1004).

Lettre de Maupeou au comte d'Argenson, 19 janvier
1751 (n° 970).

Lettre du comte de Saint-Germain, ministre de la
guerre, à un prince du sang, 19 août 1759 (n° 994).

Lettre du cardinal de Bernis, ministre et ambassadeur de Louis XV, 30 novembre 1767 (n° 1003).

Lettre de l'abbé Terray, contrôleur général des finances sous le ministère d'Aiguillon, à l'architecte Soufflot,
27 février 1772 (n° 1011).

Vitr. 89. — Dessins rehaussés de couleur des décorations projetées pour les fêtes du second mariage du
Dauphin, fils de Louis XV, 21 décembre 1746 (n° 966).

Vitr. 90. — Pièces du procès de Damiens après la
tentative d'assassinat de Louis XV, 1er mars 1757
(n° 987).

Contrat de mariage du duc de Bourbon, fils aîné du
prince de Condé, et de Mlle d'Orléans, 23 avril 1770
(n° 1009).

Procès de Beaumarchais et du conseiller Goëzman,
27 janvier 1774 (n° 1013).

Vitr. 91. — Billet autographe du duc de Choiseul,
ministre de Louis XV, à un prince du sang, 25 octobre
1768 (n° 1005).

Lettres du maréchal duc de Richelieu, 24 octobre
1740 et 17 juin 1769 (n°s 965 et 1006).

Lettre du maréchal de Belle-Isle à Charles de Lorraine,
comte d'Armagnac, 1er août 1751 (n° 973).

Note du maréchal de Saxe sur les travaux de Chambord, 15 juillet 1750 (n° 969).

Lettre du maréchal de Löwendal au frère de Mme de Pompadour, 3 octobre 1754 (n° 984).

Lettre du maréchal de Broglie, ministre de la guerre, 16 juillet 1789 (n° 1109).

Lettre de Chevert, lieutenant général des armées du Roi, 11 novembre 1758 (n° 991).

Vitr. 92. — Lettre de Louis XV à Charles de Lorraine, comte de Brionne, grand écuyer de France, 13 décembre 1760 (n° 995).

Lettre de la marquise de Pompadour au financier Paris du Verney, 4 avril 1750 (n° 968).

Mémoire adressé à Louis XV par le Dauphin, son fils, sur le gouvernement et les parlements, 1757 (n° 990).

Lettre de Marie-Josèphe de Saxe, deuxième femme du Dauphin, au comte de Broglie, 8 juillet 1757 (n° 988).

Lettres des trois filles de Louis XV, tantes de Louis XVI : Mme Louise, carmélite à Saint-Denis, 1er septembre 1776 (n° 1016); Mme Adélaïde, 29 juillet 1780 (n° 1025); Mme Victoire, 3 avril 1782 (n° 1030); testament olographe de Mme Sophie, quatrième fille du Roi, 13 janvier 1781 (n° 1027).

Vitr. 93. — Lettres adressées à Louis XVI par le prince de Condé, 10 avril 1784 (n° 1033), le duc d'Orléans, novembre 1787 (n° 1051), le comte de Provence, 24 février 1785 (n° 1034).

Lettre du comte d'Artois au sieur Humbert, 27 juillet 1792 (n° 1279 *bis*).

Autographe de Mme Élisabeth, sœur de Louis XVI : études sur la langue italienne (n° 1015 *bis*).

Lettre du cardinal de Rohan à Louis XVI, lors du procès du collier, 2 juin 1786 (n° 1036).

Lettre de la princesse de Lamballe au comte d'Angiviller, 18 avril 1780 (n° 1024).

Lettre du comte de Calonne, contrôleur général des finances sous Louis XVI, 21 janvier 1778 (n° 1019).

Vitr. 94. — Formule du serment prêté par Louis XVI comme grand maître de l'ordre du Saint-Esprit, imprimé sur parchemin dans un encadrement peint à la gouache (n° 1014 *bis*).

Listes des personnes invitées aux réunions de la cour, écrites sur des cartes à jouer ou des feuillets d'almanach de la main de Louis XVI, 15 juin 1789 (n° 1079).

Lettre de démission de Necker après son premier ministère, 19 mai 1781 (n° 1028).

Lettre écrite d'Amérique par le marquis de La Fayette pendant la guerre de l'indépendance des États-Unis, 23 octobre 1777 (n° 1018).

Lettre de Bailly, premier maire de Paris, 24 mai 1787 (n° 1043).

Discours de Louis XVI à l'Assemblée des notables, 23 avril 1787 (n° 1042).

Vitr. 95. — Édit de Louis XVI portant création d'assemblées provinciales, juin 1787 (n° 1044).

Déclaration de Louis XVI pour la conversion de la corvée en une prestation ou subvention en argent, 27 juin 1787 (n° 1045).

Édit rendant l'état civil aux protestants et aux non-catholiques, novembre 1787 (n° 1050).

Lettre du comte de Montmorin, ministre des affaires étrangères, à Louis XVI, 27 août 1787 (n° 1048).

Procès-verbal de la séance royale tenue par Louis XVI à l'Assemblée des notables, 9 mai 1788 (n° 1054).

Vitr. 96. — *Littérateurs et artistes de la fin du dix-huitième siècle :*

Lettre de Ducis, poète tragique; il intercède pour l'architecte Moreau, son beau-frère, auprès de Fouquier-Tinville, 8 juillet 1794 (n° 1414).

Lettre de Montgolfier, l'inventeur des aérostats, 23 septembre 1788 (n° 1056).

Note autographe de l'acteur Talma, 28 août 1794 (n° 1420 *bis*).

Lettre du chevalier de Florian, poète et romancier, 1788 (n° 1058).

Grétry approuve, comme censeur, une partition de musique, 19 février 1787 (n° 1039).

Lettre de Méhul, auteur de la musique du *Chant du départ,* sur la musique à composer pour l'hymne de Désaugiers à l'Être suprême, 17 juin 1794 (n° 1408).

Lettre du peintre David, 2 mai 1792 (n° 1261).

Lettre de Thérèse Levasseur, veuve de J.-J. Rousseau, au président de l'Assemblée nationale, 3 janvier 1791 (n° 1204).

Vitr. 97. — Lettre du marquis de Condorcet, 24 février 1788 (n° 1052).

Lettre de Volney au président de l'Assemblée nationale, 28 janvier 1790 (n° 1159).

Lettre de Mme de Staël au sujet de l'arrestation de son père, 11 septembre 1790 (n° 1192).

Lettre de Turgot à Louis XVI, 26 février 1776 (n° 1015).

Lettre du chimiste Lavoisier, 16 novembre 1774 (n° 1014).

Lettre de Cassini, directeur de l'Observatoire de Paris, avril 1788 (n° 1053).

Vitr. 98. — Procès-verbaux des séances et des délibérations de l'assemblée générale des électeurs de Paris à l'hôtel de ville, 26 avril-30 juillet 1789 (n° 1067).

Règlement arrêté par le Roi pour l'exécution des lettres de convocation des États généraux, 24 janvier 1789 (n° 1062).

Relation de la séance royale pour l'ouverture des États généraux à Versailles, 5 mai 1789 (n° 1068).

Vitr. 99. — Lettre du comte de Saint-Priest à Louis XVI sur la réunion des trois Ordres, juin 1789 (n° 1072).

Arrêté de la noblesse communiqué aux représentants

des communes pour amener la réunion des Ordres, 16 juin 1789 (n° 1081).

Motion présentée par Le Grand, député de Châteauroux, pour constituer les députés en Assemblée nationale, 16 juin 1789 (n° 1080).

Lettre de Louis XVI à Bailly, doyen de l'Ordre du tiers état, 16 juin 1789 (n° 1083).

Lettre du comte de Montmorin à Louis XVI pour défendre.la conduite du tiers état, 22 juin 1789 (n° 1088).

Délibération de l'Assemblée, proposée par Bailly, portant que l'œuvre commune de la restauration nationale doit être commencée sans retard, 17 juin 1789 (n° 1084).

Vitr. 100. — Lettre de Louis XVI aux religieux de Saint-Denis au sujet des funérailles du Dauphin, 4 juin 1789 (n° 1074).

Lettre de l'abbé Grégoire, curé d'Emberménil, proposant de faire vérifier ses pouvoirs par la réunion des Ordres, 13 juin 1789 (n° 1077).

Motion présentée par Barère de Vieuzac, demandant que les députés se constituent sous le titre de « représentants légitimes de la majeure partie des Français », 15 juin 1789 (n° 1078).

Déclaration présentée à l'Assemblée par Lepeletier de Saint-Fargeau, 30 juin 1789 (n° 1097).

Protestation présentée par Cazalès sur le mode de votation par tête, 30 juin 1789 (n° 1096).

Arrêté de l'Assemblée nationale déclarant l'inviolabilité de la personne des députés, écrit de la main de Camus, 23 juin 1789 (n° 1090).

Vitr. 101. — Discours prononcés par les présidents au moment de la réunion des trois Ordres, 27 juin 1789 (n° 1095).

Réponse de Louis XVI à la députation envoyée par l'Assemblée au sujet des rassemblements de troupes autour de Paris, 10 juillet 1789 (n° 1103).

Arrêté de l'Assemblée nationale au sujet des troubles survenus à Paris les 12, 13 et 14 juillet 1789 (n° 1106).

Lettre de Louis XVI rappelant Necker au ministère, 16 juillet 1789 (n° 1108).

Necker annonce son retour à Louis XVI, 23 juillet 1789 (n° 1115).

Lettre du duc d'Orléans informant Louis XVI que la population de Boulogne s'est opposée à son voyage en Angleterre, 16 octobre 1789 (n° 1135).

Vitr. 102. — Déclaration de l'abandon des privilèges, voté par acclamation dans la nuit du 4 août 1789 (n° 1119).

Préambule de la déclaration des droits de l'homme et du citoyen, 20 août 1789 (n° 1122).

Observations de Louis XVI sur la déclaration des droits de l'homme et les premiers articles de la Constitution, 8 octobre 1789 (n° 1132).

Réponse de Louis XVI à une députation à lui envoyée au sujet des approvisionnements de Paris, 5 octobre 1789 (n° 1133).

Arrêté de la Commune de Paris relatif aux troubles de la capitale, 21 octobre 1789 (n° 1136).

Arrêté de la Commune de Paris invitant les bons citoyens à concourir au rétablissement de l'ordre, 8 octobre 1789 (n° 1134).

Vitr. 103. — Motion du duc de La Rochefoucauld relative aux biens du clergé, 31 octobre 1789 (n° 1139).

Lettre de l'abbé Maury au président de l'Assemblée, 26 juillet 1789 (n° 1116).

Décret mettant les biens du clergé à la disposition de la nation, 2 novembre 1789 (n° 1140).

Lettre d'adhésion au décret mettant les biens du clergé à la disposition de la nation, envoyée par les religieux de Saint-Savin en Lavedan, 12 décembre 1789 (n° 1148).

Lettre de Bouche demandant la réunion d'Avignon et du comtat Venaissin à la France, 21 novembre 1789 (n° 1145).

Adresse présentée à l'Assemblée nationale par une députation de dames de la Halle, 31 décembre 1789 (n° 1151).

Projet de décret relatif à la suppression des étrennes, 27 novembre 1789 (n° 1146).

Lettre d'Étienne Montgolfier, directeur de la fabrique de papier d'Annonay, 22 octobre 1789 (n° 1138).

Vitr. 104. — Projet de décret présenté par le duc de Lévis au sujet du complot du marquis de Favras, 28 décembre 1789 (n° 1150).

Lettre informant l'Assemblée du refus de laisser mettre à exécution, dans le district des Cordeliers, un décret de prise de corps décerné par le Châtelet contre Marat, 22 janvier 1790 (n° 1156).

Projet de décret du docteur Guillotin sur la punition des coupables, 21 janvier 1790 (n° 1155).

Lettres patentes de Louis XVI ordonnant la division de la France en quatre-vingt-trois départements, 4 mars 1790 (n° 1163).

Vitr. 105. — Formule du serment civique prêté par les membres de l'Assemblée, 4 février 1790 (n° 1160).

Adhésion du duc d'Orléans au serment civique, 13 février 1790 (n° 1161).

Ratification du décret concernant les droits féodaux, 3 mars 1790 (n° 1162).

Délibération de la Basoche de Paris portant adhésion aux décrets de l'Assemblée, 22 avril 1790 (n° 1170).

Lettre d'Anacharsis Cloots reprochant à Barnave son duel avec Cazalès, août 1790 (n° 1188).

Projet de décret présenté par Alexandre de Lameth sur l'enlèvement des statues de la place des Victoires, 19 juin 1790 (n° 1178).

Motion autographe, signée : *de Robespierre,* au sujet

d'une adhésion de Saint-Omer aux décrets sur les biens du clergé, 29 avril 1790 (n° 1172).

Vitr. 106. — Motion présentée par Lepeletier de Saint-Fargeau dans le cours de la discussion relative à l'abolition des titres de noblesse, 19 juin 1790 (n° 1180).

Lettres patentes portant suppression de la noblesse héréditaire, des livrées et des armoiries, 23 juin 1790 (n° 1182).

Procès-verbal de la fête célébrée le jour de la Fédération, 14 juillet 1790 (n° 1186).

Projet de décret de Camus, relatif à la récompense à décerner aux vainqueurs de la Bastille, 19 juin 1790 (n° 1177).

Lettre de Bailly sur le remboursement des frais de démolition de la Bastille, montant à 568,000 livres, 2 novembre 1790 (n° 1197).

Lettre de l'abbé Sicard réclamant la fondation d'un établissement pour les sourds-muets, 21 janvier 1791 (n° 1205).

Vitr. 107. — Décret portant constitution civile du clergé, 12 juillet 1790 (n° 1185).

Lettre du cardinal de Rohan à Louis XVI protestant contre les décrets portant atteinte à la discipline de l'Église, 23 novembre 1790 (n° 1200).

Procès-verbal de la proclamation de Gobel comme évêque élu du département de Paris, 17 mars 1791 (n° 1212).

Projet de décret proposé par Talleyrand, évêque d'Autun, concernant le serment des prêtres et les édifices consacrés à un culte religieux, 7 mai 1791 (n° 1216).

Décret de l'Assemblée législative enjoignant à tous les ecclésiastiques de prêter le serment civique ; ce décret porte le véto du Roi, 29 novembre 1791 (n° 1247).

Décret condamnant à la déportation les prêtres non assermentés, avec le véto du Roi, 27 mai 1792 (n° 1265).

Vitr. 108. — Décret sur les Archives nationales, 12 septembre 1790 (n° 1193).

Lettre informant l'Assemblée de l'arrestation de Mesdames, tantes du Roi, 22 février 1791 (n° 1209).

Déclaration de Danton relativement au projet de départ du Roi, 8 mai 1791 (n° 1217).

Proclamation adressée par Louis XVI aux Français lors de son départ, 20 juin 1791 (n° 1218).

Projet de décret de Charles de Lameth au sujet du départ de la famille royale, 21 juin 1791 (n° 1222).

Lettre des officiers municipaux de Sainte-Menehould annonçant à l'Assemblée que le Roi, ramené de Varennes, va être conduit à Châlons, 22 juin 1791 (n° 1223).

Relation du retour de Varennes par Pétion, juin 1791 (n° 1225).

Vitr. 109. — Lettre de Dumouriez demandant à Louis XVI de l'envoyer à Mayence, 19 mars 1791 (n° 1213).

Lettre de Pastoret annonçant à Duport-Dutertre, ministre de la justice, la translation des restes de Voltaire au Panthéon, 9 juillet 1791 (n° 1227).

Lettre informant Louis XVI de la rupture de Mirabeau et des chefs des Jacobins, 3 mars 1791 (n° 1211).

Lettre de Frochot annonçant à l'Assemblée la mort de Mirabeau, 2 avril 1791 (n° 1214).

Lettre du bataillon des volontaires de la Meurthe exprimant à l'Assemblée le désir d'être employé le plus promptement possible, 31 juillet 1791 (n° 1233).

Vitr. 110. — Lettre du duc de Richelieu demandant à l'Assemblée un passeport pour la Russie, 27 juillet 1791 (n° 1232).

Billet des frères de Louis XVI l'assurant de leur dévouement et lui promettant un prochain appui, juillet 1791 (n° 1234).

Décret admettant tous les artistes à prendre part à l'exposition du Louvre, 21 août 1791 (n° 1236).

Motion de Tronchet relative à l'ajournement de toute revision de la Constitution, 3 septembre 1791 (n° 1238).

Lettre d'Anne de La Rochejaquelein s'offrant comme otage pour le Roi, 26 août 1791 (n° 1237).

Lettre de Louis XVI exposant à l'Assemblée ses motifs pour accepter l'acte constitutionnel, 13 septembre 1791 (n° 1242).

Serment prêté par le Roi en acceptant la Constitution, 14 septembre 1791 (n° 1243).

Vitr. 111. — Pétition d'électeurs relativement à leurs fonctions, avec les signatures de Santerre et de Camille Desmoulins, 5 septembre 1791 (n° 1240).

Camille Desmoulins.

Décret enjoignant au comte de Provence, frère du Roi, de rentrer en France, 31 octobre 1791 (n° 1245).

Projet de décret, proposé par Cambon, prescrivant une nouvelle émission d'assignats, 4 janvier 1792 (n° 1250).

Lettre de Chappe qui demande à être admis à la barre de l'Assemblée pour lui annoncer la découverte du télégraphe aérien, 21 mars 1792 (n° 1255).

Pétition des citoyennes de Paris demandant l'autorisation de se réunir en armes pour défendre la Constitution, 6 mars 1792 (n° 1252).

Lettre de Custine à Dumouriez sur l'insistance des Suisses pour avoir la garde du pays de Porentruy, 6 juin 1792 (n° 1266).

Vitr. 112. — Lettre de Roland à Louis XVI lui annonçant l'envoi d'un Mémoire, 11 juin 1792 (n° 1268).

Lettre des administrateurs du département de Paris informant le ministre de l'intérieur des mesures prises pour la sécurité des Tuileries, 20 juin 1792 (n° 1270).

Lettre des habitants du faubourg Saint-Antoine demandant leur admission à la barre de l'Assemblée, 20 juin 1792 (n° 1271).

Lettre de La Fayette pour réclamer la punition des instigateurs des violences commises le 20 juin, 23 juin 1792 (n° 1272).

Décret ordonnant le brûlement des titres généalogiques se trouvant dans les dépôts publics, 19 juin 1792 (n° 1269).

Projet de lettre au président de l'Assemblée, portant désaveu par le Roi de la déclaration du duc de Brunswick, 3 août 1792 (n° 1282).

Manifeste du duc de Brunswick, 25 juillet 1792 (n° 1282 *bis*).

Vitr. 113. — *Journée du 10 août :*
Lettre de Mandat à l'Assemblée, promettant le concours de la garde nationale, 9 août 1792 (n° 1285).

Décret prononçant la suspension de Louis XVI, 10 août 1792 (n° 1289).

Lettre des administrateurs de la police municipale réclamant la présence du maire de Paris à l'hôtel de ville, signée : *Sergent, Panis,* 10 août 1792 (n° 1286).

Délibération des représentants des sections de Paris demandant l'arrestation de Louis XVI, 10 août 1792 (n° 1287).

Lettre annonçant que le faubourg Saint-Antoine marche avec des canons sur les Tuileries, 9 août 1792 (n° 1283).

Décret chargeant Pétion de transférer au Temple le Roi et la famille royale, 13 août 1792 (n° 1293).

Rapport de la visite faite au Temple par les commissaires nommés pour surveiller la garde des prisonniers, 1er novembre 1792 (n° 1321).

Vitr. 114. — Adresse de la section de Henri IV demandant que la table des Droits de l'homme remplace sur le Pont-Neuf la statue renversée de Henri IV, 13 août 1792 (n° 1291).

Lettre de Manuel relative à des presses réclamées par Marat, 28 août 1792 (n° 1303).

Lettre de Joseph Lebon à Robespierre aîné sur la candidature de Robespierre jeune à la Convention, 28 août 1792 (n° 1302).

Projet de décret de Guadet conférant à un certain nombre d'étrangers le titre de citoyens français, 26 août 1792 (n° 1300).

Lettre des commissaires à l'armée du Rhin, Carnot, Prieur, Ritter et Coustard, 27 août 1792 (n° 1301).

Projet de décret de Gensonné, ordonnant le transfert des prisonniers d'Orléans, 2 septembre 1792 (n° 1304).

Projet de décret autorisant les artistes de plusieurs théâtres à former des compagnies franches, 7 septembre 1792 (n° 1307).

Vitr. 115. — Lettre du général Arthur Dillon à Dumouriez, 13 septembre 1792 (n° 1309).

Lettre de Roland, ministre de l'intérieur, annonçant le vol commis au garde-meuble, 17 septembre 1792 (n° 1310).

Projet de décret présenté par Lasource, concernant la réunion de la Convention nationale aux Tuileries, 19 septembre 1792 (n° 1312).

Premier décret rendu par la Convention : abolition de la royauté, 21 septembre 1792 (n° 1316).

Lettre d'Alexandre Berthier accompagnant des dons patriotiques adressés à la Convention, 22 septembre 1792 (n° 1317).

Relation de la bataille de Valmy et Mémoire sur la campagne de 1792 par Kellermann, septembre 1792 (n° 1315).

Vitr. 116. — Lettre de Lebrun transmettant à la Convention un manifeste envoyé à Dumouriez par le duc de Brunswick, 1er octobre 1792 (n° 1318).

Lettre des commissaires à l'armée du Nord annonçant à la Convention la levée du siège de Lille, 6 octobre 1792 (n° 1320).

Lettre de Dumouriez à Pache, ministre de la guerre, sur la victoire de Jemmapes, 7 novembre 1792 (n° 1322).

Lettre de Sillery à Dumouriez sur de faux avis concernant la marche des ennemis, 3 octobre 1792 (n° 1319).

Lettre de Dumouriez déclarant que la conduite de l'Assemblée compromet le fruit de ses victoires, 29 novembre 1792 (n° 1325).

Vitr. 117. — Lettre de Malesherbes au président de la Convention, déclarant qu'il est prêt à se charger de la défense du Roi, 11 décembre 1792 (n° 1327).

Olympe de Gouges offre au président de la Convention de s'adjoindre aux défenseurs du Roi, 15 décembre 1792 (n° 1330).

Lally-Tollendal renouvelle la demande d'être proposé à Louis XVI comme un de ses défenseurs, 17 décembre 1792 (n° 1331).

Lettre de Merlin de Thionville adressant à la Convention son vote pour la mort dans le procès de Louis XVI, 6 janvier 1793 (n° 1335).

Manuscrit de la défense présentée à la Convention par De Sèze, Malesherbes et Tronchet, 26 décembre 1792 (n° 1333).

Discours des défenseurs de Louis XVI pour demander la ratification de l'arrêt de mort par le peuple, 17 janvier 1793 (n° 1337).

Vitr. 118. — Lettre de Target exposant les motifs qui l'empêchent de se charger de la défense de Louis XVI, 12 décembre 1792 (n° 1328).

Lettre de l'exécuteur Sanson sur les mesures à prendre pour l'exécution de Louis XVI, 20 janvier 1793 (n° 1341).

Lettre de Santerre transmettant la copie de l'ordre arrêté pour assurer la tranquillité dans Paris durant les journées du 20 et du 21, 20 janvier 1793 (n° 1339).

Procès-verbal de l'exécution de Louis XVI, 21 janvier 1793 (n° 1342).

Lettre de Valazé sur sa conduite dans le procès de Louis XVI, 26 janvier 1793 (n° 1344).

Procès-verbal de la reconnaissance de Louis XVII comme roi de France à l'armée de Condé, 29 janvier 1793 (n° 1346).

Décret instituant le comité de Salut public, 6 avril 1793 (n° 1353).

Vitr. 119. — Lettre du général Beurnonville à Dumouriez sur ses efforts pour réorganiser l'armée, 6 février 1793 (n° 1348).

Lettre de Carnot, commissaire à l'armée du Nord, sur la trahison de Dumouriez et les mesures prises à cette occasion, 2 avril 1793 (n° 1352 *bis*).

Lettre de Barras informant la Convention qu'il a terminé sa mission à l'armée des Alpes, 19 mars 1793 (n° 1352).

Protestation des soixante-treize Girondins contre les attentats du 31 mai et du 2 juin, 6 juin 1793 (n° 1361).

Lettre de Cathelineau, généralissime de l'armée vendéenne, 16 juin 1793 (n° 1362).

Ordre de Bonchamp de faire délivrer des vivres aux blessés, 12 août 1793 (n° 1372).

Lettre de Hérault de Séchelles à Carrier sur les projets du comité de Salut public à l'égard de Rennes et de Nantes, 29 septembre 1793 (n° 1379).

Vitr. 120. — Décret portant établissement d'un tribunal criminel extraordinaire, 10 mars 1793 (n° 1351).

Jugement du tribunal révolutionnaire condamnant Mme du Barry à la peine de mort, 7 décembre 1793 (n° 1393).

Décret portant réorganisation du tribunal révolutionnaire, 22 prairial-10 juin 1794 (n° 1406).

Lettre de Fouquier-Tinville informant le comité de Salut public du tumulte survenu au tribunal, au cours du procès des Dantonistes, 4 avril 1794 (n° 1404).

Projet de décret présenté par Cavaignac, rapportant les mesures votées après la reddition de Verdun, 9 février 1793 (n° 1349).

Décret portant suppression des Académies, 8 août 1793 (n° 1371).

Vitr. 121. — Arrêté du comité de Salut public séparant le Dauphin de sa mère, 1er juillet 1793 (n° 1366).

Lettre de Charlotte Corday à Barbaroux sur son voyage et son premier interrogatoire, 6 juillet 1793 (n° 1367).

Lettre d'adieu de Charlotte Corday à son père, 16 juillet 1793 (n° 1368).

Réquisitions de Fouquier-Tinville aux commandants de la force armée pour l'exécution de Marie-Antoinette, 16 octobre 1793 (n° 1358).

Lettre des représentants en mission annonçant la défection de Toulon, 28-29 août 1793 (n° 1376).

Lettre de Bonaparte informant les représentants en mission des besoins de l'armée devant Toulon, 22 octobre 1793 (n° 1386).

Vitr. 122. — Rapport sur la destruction des tombes royales de Saint-Denis, 14 août 1793 (n° 1374).

Décret instituant l'ère républicaine, 5 octobre 1793 (n° 1380).

Décret ordonnant la destruction de la ville de Lyon, 12 octobre 1793 (n° 1382).

Lettre de Lazare Carnot annonçant à la Convention la victoire de Wattignies, 17 octobre 1793 (n° 1385).

Lettre de Parmentier sur la culture de la pomme de terre, 14 décembre 1793 (n° 1394).

Vitr. 123. — Lettres patentes du comte de Provence sur les pouvoirs de lieutenant général du royaume, 8 novembre 1793 (n° 1390).

Lettre de Robespierre jeune à son frère Maximilien, 21 février 1794 (n° 1397).

Arrêté du comité de Salut public ordonnant l'arrestation de Rouget de Lisle, 21 février 1794 (n° 1396).

Arrêté ordonnant la création d'une compagnie d'aérostiers militaires, 2 avril 1794 (n° 1403).

Testament de mort de François Chabot, adressé aux Français, 17 mars 1794 (n° 1398).

Arrêté du comité de Salut public ordonnant l'arrestation de Danton, Camille Desmoulins, Delacroix et Phélippeaux, 30 mars 1794 (n° 1401).

Vitr. 124. — Proclamation de Toussaint Louverture aux habitants de Saint-Domingue, 25 août 1793 (n° 1375).

Lettre de Marat dénonçant les Girondins, 13 avril 1793 (n° 1356).

Procès-verbal de l'arrestation de Condorcet, 27 mars 1794 (n° 1399).

Jugement du tribunal révolutionnaire condamnant à mort les Girondins, 30 octobre 1793 (n° 1389).

Vitr. 125. — *Papiers des Girondins :*
Lettre de Mme Roland se plaignant à la Convention de l'illégalité de son arrestation, 1er juin 1793 (n° 1360).

Portrait présumé de Mme Roland.

Lettre de Vergniaud au comité de Salut public, 14 août 1793 (n° 1373).

Billet trouvé sur le cadavre de Roland après sa mort, novembre 1793 (n° 1391).

Lettre de Jullien, dit de Paris, au comité de Salut public, en lui envoyant les papiers de Barbaroux, Buzot et Pétion, 1ᵉʳ juillet 1794 (n° 1409 *bis*).

Papiers de Buzot, Barbaroux et Pétion, trouvés dans le grenier de la maison Guadet, à Saint-Émilion, juin 1794.

Vitr. 126. — Déclaration de Buzot et de Pétion, remise à la Convention le 12 juillet 1795.

Lettre d'adieu de Barbaroux à sa mère, 17 juin 1794.

Lettre d'adieu de Buzot à sa femme, 17 juin 1794.

Lettre d'adieu de Pétion à sa femme, 17 juin 1794.

Lettre de Louvet demandant sa mise en jugement, 10 décembre 1794 (n° 1425).

Lettre identique de Lanjuinais, 21 novembre 1794 (n° 1423).

Vitr. 127. — *Journée du 9 thermidor an II :*
Procès-verbal de la séance tenue le 9 thermidor par le conseil général de la Commune de Paris, 27 juillet 1794 (n° 1415).

Billet des deux Robespierre et de Saint-Just appelant Couthon auprès d'eux à la Commune, 27 juillet 1794 (n° 1417).

Arrêté des comités ordonnant l'arrestation des membres du conseil général de la Commune de Paris, 27 juillet 1794 (n° 1418).

Ordre du général Hanriot à l'adjudant général de la 6ᵉ légion de délivrer la Convention, 27 juillet 1794 (n° 1416).

Mémoire présenté par Fouquier-Tinville pour sa défense, 3 août 1794 (n° 1420).

Vitr. 128. — Papiers saisis chez Robespierre, juillet 1794 (n° 1419).

Protestation de Carrier contre ses juges, 26 novembre 1794 (n° 1424).

Lettre de Merlin de Douai invitant les inspecteurs du palais national à faire récolter les pommes de terre plantées dans le jardin national, 25 octobre 1794 (n° 1422).

Lettre de Lazare Hoche annonçant la victoire de Quiberon, 22 juillet 1795 (n° 1431).

Vitr. 129. — Note de Bonaparte réclamant contre sa nomination comme officier général d'infanterie, 5 août 1795 (n° 1432).

Note de Bonaparte adressée au comité de Salut public pour demander une mission en Turquie, août 1795 (n° 1436).

Arrêté du comité de Salut public rayant le général Bonaparte du tableau des officiers généraux employés, 15 septembre 1795 (n° 1437).

Lettre de Gracchus Babeuf au comité de Sûreté générale, 9 février 1795 (n° 1446).

Message du Directoire au Corps législatif sur la découverte de la conspiration de Babeuf, 10 mai 1796 (n° 1455).

Lettre de Cochon à Carnot sur l'interrogatoire de Babeuf, 10 mai 1796 (n° 1454).

Vitr. 130. — Envoi par Pichegru d'une dépêche de l'empereur d'Allemagne relative à l'échange de la fille de Louis XVI, 10 août 1795 (n° 1433).

Arrêté du Directoire relatif à l'échange de la fille de Louis XVI, 27 novembre 1795 (n° 1451).

Arrêté des comités prescrivant à la direction de la force armée de s'assurer des électeurs de la section du Théâtre-Français, 3 octobre 1795 (n° 1438).

Arrêté appelant le général Bonaparte à l'armée de l'intérieur, 5 octobre 1795 (n° 1439).

Arrêté nommant le général Bonaparte au commandement de l'armée de l'intérieur, 26 octobre 1795 (n° 1444).

Notes de Bonaparte sur les opérations militaires à Paris pendant les journées des 13 et 14 vendémiaire an IV, octobre 1795 (n° 1442).

Vitr. 131. — Décret de la Convention sur la création de l'Institut, 25 octobre 1795 (n° 1443).

Lettres de La Revellière-Lépeaux, Carnot, Barras, Letourneur, Reubell, annonçant qu'ils acceptent les fonctions de Directeurs, 1er, 2 et 4 novembre 1795 (n°s 1445-1449).

Vitr. 132. — Arrêté du Directoire portant création de l'École polytechnique, 20 février 1796 (n° 1452).

Attestation signée de Bonaparte et de plusieurs autres officiers généraux sur la conduite du général Alexandre Dumas pendant les événements du 13 vendémiaire, 5 novembre 1795 (n° 1450).

Projet de réponse du général Bonaparte au général autrichien Colli, au sujet d'un émigré fait prisonnier par es troupes françaises, 8 avril 1796 (n° 1453).

Lettre de Kléber relative à un commissaire ordonnateur de l'armée, 11 juin 1796 (n° 1455).

Lettre du général Rochambeau demandant à être jugé par un conseil de guerre, 3 décembre 1796 (n° 1459).

Lettre de l'Institut sur l'achèvement du Louvre et sa réunion aux Tuileries, 27 avril 1797 (n° 1460).

Vitr. 133. — Note de Bonaparte sur les événements de Venise, mai 1797 (n° 1461).

Lettre de démission de Bonaparte adressée au président du Directoire, juillet 1797 (n° 1465).

Proclamation de Bonaparte aux gardes nationales de la République cisalpine, juillet 1797 (n° 1464).

Lettre de Bonaparte au ministre de l'intérieur touchant le Josèphe sur papyrus de la bibliothèque de Milan, 6 juin 1797 (n° 1462).

Lettre de Bonaparte transmettant au Directoire les adresses de l'armée d'Italie à l'occasion du 18 fructidor, le 1er octobre 1797 (n° 1467).

Vitr. 134. — Minute du traité de Campo-Formio, de la main de Bonaparte, 17 octobre 1797 (n° 1468).

Procès-verbal relatant l'examen de l'état du tableau de la *Transfiguration* par Raphael, septembre 1797 (n° 1466).

Lettre de Rouget de Lisle demandant à être chargé de la réorganisation du théâtre de la République, 25 mars 1798 (n° 1471).

Procès-verbal de l'examen des produits de l'industrie exposés au Champ-de-Mars en 1798, 21 septembre 1798 (n° 1474).

Procès-verbal de dépôt aux archives de la république des étalons du mètre et du kilogramme, 22 juin 1799 (n° 1477).

Décret du conseil des Anciens transférant à Saint-Cloud la résidence du Corps législatif, 9 novembre 1799-18 brumaire an VIII (n° 1481).

Vitr. 135. — Instructions de Bonaparte au général Moreau relativement au commandement de l'armée du Rhin, novembre 1799 (n° 1482).

6.

Lettre de Bonaparte au général Moreau pour lui exprimer ses souhaits au début de la campagne, mars 1800 (n° 1484).

Arrêté ordonnant la construction de deux hospices sur le Simplon et le mont Cenis, 21 février 1801 (n° 1491).

Minute d'une lettre de Bonaparte au comte de Provence, 7 septembre 1800 (n° 1487).

Minute de lettre de Bonaparte au pape Pie VII, 27 juillet 1801 (n° 1496).

Reçu de la somme de cent livres sterling, signé par Georges Cadoudal, 27 août 1801 (n° 1497).

Arrêté signé Cambacérès, relatif à l'élection de Bonaparte comme consul à vie, 10 mai 1802 (n° 1502).

Vitr. 136. — Concordat entre le pape et le gouvernement français, 5 avril 1802 (n° 1501).

Projet de loi portant création de la Légion d'honneur, 15 mai 1802 (n° 1503).

Arrêté ordonnant de faire placer, pour la fête du 18 brumaire, le diamant le Régent sur la poignée du sabre du Premier Consul, 10 octobre 1801 (n° 1499).

Arrêté relatif aux honneurs à rendre à la mémoire de La Tour d'Auvergne, 15 juillet 1803 (n° 1509).

Rapport sur la fondation d'un prix de 60,000 francs pour l'application de l'électricité et du galvanisme, 1er juillet 1802 (n° 1504).

Renvoi au ministre de l'intérieur d'un règlement pour la fête de Jeanne d'Arc, 15 mars 1803 (n° 1507).

Vitr. 137. — Sénatus-consulte conférant à un empereur le gouvernement de la république, 18 mai 1804 (n° 1512).

Rétablissement du calendrier grégorien à partir du 1er janvier 1806, 30 août 1805 (n° 1517).

Décret ordonnant la réunion de la flottille à Boulogne, 30 août 1805 (n° 1516).

Lettre de Mme Campan sur le plan d'éducation des élèves de la maison de Saint-Germain, 17 février 1806 (n° 1519).

Lettre de Napoléon au maréchal Berthier sur la position que devaient occuper pendant la campagne les maréchaux Lefebvre, Augereau, Davout et Bernadotte, 1er octobre 1806 (n° 1526).

Décret instituant les titres de noblesse héréditaire, 1er mars 1808 (n° 1530).

Vitr. 138. — Lettre de félicitations du Conseil d'État à l'Empereur à l'occasion de la prise de Dantzick, juin 1807 (n° 1528).

Capitulation de Saragosse, 20 février 1809 (n° 1544).

Décret ordonnant la réunion des États du Pape à l'Empire français, 17 mai 1809 (n° 1548).

Lettres patentes nommant Lefebvre duc de Dantzick, Davout prince d'Eckmühl, Berthier prince de Wagram, avec le château de Chambord comme dotation, et Masséna prince d'Essling, 15 août 1809 (n°s 1550, 1552, 1553, 1551).

Vitr. 139. — Décret prescrivant l'érection, sur le terre-plein du Pont-Neuf, d'un obélisque à la gloire de la grande armée, avec le dessin du monument projeté, 15 août 1809 (n° 1550).

Lettre du comte Alexandre de Laborde à l'Empereur sur le mariage célébré à Vienne par procuration avec l'archiduchesse Marie-Louise, 26 mars 1810 (n° 1557).

Dissolution du mariage de Napoléon et de Joséphine; sénatus-consulte du 16 décembre 1809 (n° 1555).

Lettre de Menneval donnant au duc de Bassano des

nouvelles du quartier impérial à Moscou, 20 septembre 1812 (n° 1562).

Minute de lettre dictée par Napoléon au duc de Bassano après le passage de la Bérésina, 29 novembre 1812 (n° 1564).

Vitr. 140. — Décret daté de Moscou portant réorganisation du Théâtre-Français, 15 octobre 1812 (n° 1563).

Concordat conclu entre l'Empereur et le Pape, 25 janvier-13 février 1813 (n° 1565).

Décret prescrivant la levée de 280,000 conscrits, 9 octobre 1813 (n° 1567).

Pleins pouvoirs donnés à Caulaincourt, duc de Vicence, pour négocier et conclure un traité de paix définitif, 4 janvier 1814 (n° 1568).

Vitr. 141. — *Autographes des princes et princesses de la famille impériale :*
Lettre d'Élisa Bonaparte, 7 juillet 1809 (n° 1549).

Lettre de Joachim Murat annonçant l'envoi de l'épée de François Ier rendue par les Espagnols, 31 mars 1808 (n° 1532).

Lettre de Caroline Murat s'excusant de ne pouvoir assister au baptême du roi de Rome, 16 mars 1811 (n° 1559).

Lettre du prince Borghèse, 29 avril 1808 (n° 1534).

Lettre du cardinal Fesch au Premier Consul, 29 février 1804 (n° 1511).

Signature de Lætitia Bonaparte sur le procès-verbal de la pose d'une première pierre, 15 août 1811 (n° 1561).

Vitr. 142. — *Suite des autographes de la famille impériale :*
Lettre de l'impératrice Joséphine donnant son consentement à l'annulation de son mariage, 15 décembre 1809 (n° 1554).

Lettre d'Hortense de Beauharnais sur un projet de Mme Campan pour un établissement de jeunes filles, 5 décembre 1805 (n° 1518).

Lettre de Lucien Bonaparte, 1er mars 1801 (n° 1492).

Lettre de Joseph Bonaparte annonçant à l'Empereur son entrée à Madrid, 20 juillet 1808 (n° 1538).

Lettre de Jérôme Bonaparte réclamant le retour des troupes westphaliennes employées en Espagne, 6 février 1810 (n° 1556).

Lettre d'Eugène de Beauharnais sur l'effet produit par la réunion de la Vénétie au royaume d'Italie, 7 avril 1806 (n° 1520).

Lettre de Louis Bonaparte, 15 juillet 1806 (n° 1524).

Lettre de Pauline Bonaparte à l'Empereur, 21 mai 1808 (n° 1536).

Vitr. 143. — *Maréchaux et généraux :*
Lettre du général Brune au Directoire sur ses derniers actes en Suisse, 5 avril 1798 (n° 1472).

Lettre du général Moreau au ministre de l'intérieur, 14 août 1800 (n° 1486).

Lettre de Macdonald à Lucien Bonaparte, 9 avril 1800 (n° 1485).

Lettre de Gouvion Saint-Cyr au Premier Consul, 29 mai 1801 (n° 1495).

Lettre de Masséna annonçant au Directoire sa marche sur Zurich, 29 août 1799 (n° 1480).

Vitr. 144. — *Maréchaux et généraux :*
Lettre de Junot annonçant à l'Empereur son arrivée à Madrid, 31 mars 1805 (n° 1515).

Lettre de Bessières annonçant son arrivée à Burgos, 30 mars 1808 (n° 1531).

Lettre de Bernadotte demandant des renforts contre les rebelles de Bretagne, 18 septembre 1801 (n° 1498).

Lettre de Clarke à Louis Bonaparte à l'occasion de son mariage, 6 août 1802 (n° 1505).

Lettre de Ney informant Berthier de la marche de l'armée française en Espagne, 28 novembre 1808 (n° 1540).

Lettre de Moncey à l'Empereur, 29 décembre 1807 (n° 1529).

Vitr. 145. — *Maréchaux et généraux :*

Note du général Foy sur la campagne de Portugal, 28 novembre 1810 (n° 1558).

Lettre de Kellermann, 30 avril 1809 (n° 1547).

Lettre de Lannes informant l'Empereur que Saragosse vient d'être attaquée le 26, 28 janvier 1809 (n° 1543).

Lettre de Soult annonçant à l'Empereur la prise de Burgos, 10 novembre 1808 (n° 1539).

Rapport de Drouot à l'Empereur sur la composition de la jeune garde, 4 mars 1814 (n° 1570).

Lettre de Grouchy à Belliard sur la marche des ennemis, 1er mars 1814 (n° 1569).

Vitr. 146. — *Ministres :*

Lettre de Fouché au Premier Consul, 4 avril 1801 (n° 1494).

Lettre de Maret à Camus, premier garde des Archives nationales, 3 novembre 1801 (n° 1500).

Lettre de Talleyrand à l'Empereur sur le séjour des princes espagnols à Valençay, 21 mai 1808 (n° 1535).

Lettre de Savary à Menneval, 12 juillet 1808 (n° 1537).

Lettre de Champagny à l'Empereur au sujet de la guerre avec l'Autriche, 14 avril 1809 (n° 1546).

Lettre du cardinal Maury sollicitant de l'Impératrice un tableau pour sa chapelle particulière, 12 août 1813 (n° 1566).

Vitr. 147. — *Littérateurs et poètes :*

Lettre de Bernardin de Saint-Pierre au ministre de l'intérieur, 6 août 1799 (n° 1479).

Lettre de Ducis annonçant qu'il a terminé l'*Hymne des époux* pour la célébration des mariages, 29 octobre 1798 (n° 1475).

Lettre de Beaumarchais pour recommander l'auteur d'un Mémoire sur la navigation aérienne, août 1798 (n° 1473).

Lettre de Marmontel à M. de Choiseul-Gouffier, à Saint-Pétersbourg, 6 janvier 1798 (n° 1470).

Lettre de Chateaubriand implorant de l'Empereur la grâce de son cousin, 29 mars 1809 (n° 1545).

Lettre de Marie-Joseph Chénier pour solliciter une indemnité, 29 juin 1806 (n° 1522).

Vitr. 148. — *Savants :*

Lettre d'Antoine-Laurent Jussieu demandant le transport à Paris d'animaux arrivés d'Afrique, 3 décembre 1797 (n° 1469).

Lettre de Monge annonçant la découverte d'un monument hiéroglyphique, 10 mars 1799 (n° 1476).

Lettre de Laplace au baron de Gérando, 3 août 1806 (n° 1525).

Lettre de Lacépède recommandant la Légion d'honneur à la bienveillance de l'Empereur, 1er octobre 1804 (n° 1514).

Lettre de Lalande à Chaptal sur le calendrier, 19 mars 1801 (n° 1493).

Lettre de Cuvier sollicitant pour un tiers une audience du ministre de l'intérieur, 20 novembre 1800 (n° 1489).

Rapport de Monge sur une note de M. de Rumford relativement à une théorie du calorique, septembre 1803 (n° 1510).

Vitr. 149. — *Théâtre, musiciens :*

Lettre de Piccini exposant sa détresse au ministre de l'intérieur, 9 juillet 1799 (n° 1478).

Lettre de Cherubini sur le Conservatoire de musique, 2 juillet 1796 (n° 1457).

Lettre de Sophie Arnould sollicitant la liquidation de ses pensions de retraite, 26 juin 1797 (n° 1463).

Lettre de l'acteur Monvel, membre de l'Institut, à Chaptal, 9 novembre 1800 (n° 1486).

Lettre de l'acteur Molé, membre de l'Institut, 23 novembre 1802 (n° 1506).

Lettre de Mlle Louise Contat au ministre de l'intérieur au sujet de Mlle Dumesnil, 24 décembre 1800 (n° 1490).

Pétition des petites-nièces de Corneille à l'Empereur pour solliciter une pension, 8 juin 1811 (n° 1560).

Vitr. 150. — *Peintres et littérateurs :*

Lettre de Vivant Denon au Premier Consul sur l'arrivée d'une Vénus destinée au Museum, 14 juillet 1803 (n° 1508).

Lettre de Girodet sur son tableau d'*Endymion,* 1808 (n° 1542).

Lettre de Louis David à l'Empereur, fixant le prix des quatre tableaux qui lui sont commandés, 19 juin 1806 (n° 1521).

Lettre de Gérard relative à l'achat de son tableau de *Bélisaire,* 1808 (n° 1541).

Lettre de Guérin sur son tableau d'*Andromaque,* 18 avril 1808 (n° 1533).

Pétition des artistes français au Directoire sur l'opportunité du déplacement des monuments d'antiquité de Rome, 15 août 1796 (n° 1458).

Lettre d'Anquetil-Duperron, refusant le serment et donnant sa démission de membre de l'Institut, 28 mai 1804 (1513).

Lettre de Suard relative à la statue de Voltaire par Pigalle, juin 1806 (n° 1523).

Vitr. 151. — *Les Cent-Jours :*

Décret portant promotion des officiers de marine commandant le bâtiment qui ramène l'Empereur de l'île d'Elbe, 27 février 1815 (n° 1572).

Décret enjoignant aux troupes de la 23e division militaire de reprendre leurs aigles, 24 février 1815 (n° 1571).

Décret relatif à l'organisation de la garde nationale, 10 avril 1815 (n° 1575).

Décret portant admission dans la vieille garde des gendarmes qui ont fait la campagne de 1814, 13 avril 1815 (n° 1576).

Acte additionnel aux constitutions de l'Empire, 22 avril 1815 (n° 1577).

Vitr. 152. — Adresse aux généraux, officiers et soldats de l'armée, imprimée sous forme de placard, 1er mars 1815 (n° 1573).

Lettre de Carnot, soumettant à l'Empereur deux décrets destinés à rétablir le calme dans Paris et les départements, 4 mai 1815 (n° 1578).

Décret appelant sous les armes tous les anciens sous-officiers et soldats, 28 mars 1815 (n° 1574).

Délibération par laquelle la Chambre des représentants se déclare en permanence après Waterloo, 21 juin 1815 (n° 1579).

Rosace centrale du plafond de la chambre à coucher de la princesse de Soubise.

CATALOGUE SOMMAIRE

DES PIÈCES CONCERNANT LES RELATIONS DE LA FRANCE AVEC LES PAYS ÉTRANGERS[1]

TRAITÉS

Vitr. 1. — Ratification par Richard Cœur de lion, roi d'Angleterre, du traité d'alliance conclu avec Philippe-Auguste, 5 décembre 1195 (n° 1).

Ratification par Henri III, roi d'Angleterre, du traité de Paris conclu entre la France et l'Angleterre, 13 octobre 1259 (n° 3).

Traité de paix et de commerce, écrit en caractères arabes, conclu à Tunis, après la mort de saint Louis, entre le roi de Tunis, Philippe III roi de France, Charles d'Anjou roi de Sicile, et Thibaut roi de Navarre, 21 novembre 1270 (n° 4).

Vitr. 2. — Traité d'alliance entre Philippe le Bel et Albert, roi des Romains, 8 décembre 1299 (n° 6).

Traité d'alliance entre Philippe le Bel et Ferdinand IV, roi de Castille, 31 mars 1306 (n° 8).

Traité d'alliance entre Philippe le Bel et Florent V, comte de Hollande, 10 janvier 1295 (n° 5).

Traité d'alliance entre Philippe le Bel et Éric VIII, roi de Norwège, 22 octobre 1295 (n° 7).

Vitr. 3. — Traité d'alliance entre Philippe VI et Alphonse XI, roi de Castille et de Léon, 1347 (n° 12).

1. Un inventaire de cette série, ouverte plusieurs années après l'organisation du Musée, a été publié en 1880 dans la *Bibliothèque de l'École des chartes* (p. 215-230), par Édouard Garnier. Un certain nombre de pièces exposées à l'origine ont été retirées des vitrines, mais les numéros anciens ont été conservés.

Traité d'alliance entre Charles IV le Bel et Léopold, duc d'Autriche et de Styrie, 1324 (n° 9).

Confirmation du traité de Brétigny par Édouard III, roi d'Angleterre, 24 octobre 1360 (n° 13).

Vitr. 4. — Traité d'alliance entre Charles VI et Jean Galéas, seigneur de Milan, 31 août 1395 (n° 15).

Traité d'alliance entre Charles VI et Henri III, roi de Castille et de Léon, 16 janvier 1394 (n° 14).

Renouvellement d'alliance entre les rois de France et de Bohême, mai 1464 (n° 18).

Ratification par Jean, roi de Danemark, du traité conclu avec Louis XII, 14 octobre 1499 (n° 21).

Vitr. 5. — Traité de paix entre Louis XII et la république de Venise, 15 avril 1499 (n° 20).

Traité d'alliance entre Louis XII et la république de Florence, 13 mars 1508 (n° 23).

Traité conclu entre François Ier et Henri VIII, roi d'Angleterre, 1er septembre 1532 (n° 31).

Vitr. 6. — Traités d'alliance entre Louis XII et Ferdinand et Isabelle d'Espagne, 15 juillet 1504 (n° 22).

Traité d'alliance entre Louis XII et le pape Léon X, 18 mai 1514 (n° 24).

Ratification par Jean, roi de Hongrie, du traité d'alliance conclu entre lui et François Ier, 1er septembre 1529 (n° 26).

Vitr. 7. — Traité d'alliance entre François Ier et Marie Stuart, reine d'Écosse, 15 décembre 1543 (n° 32).

Traité d'alliance entre Henri II et les cantons suisses, 7 juin-6 octobre 1549 (n° 34).

Vitr. 8. — Ratification par Henri VIII, roi d'Angleterre, du traité d'Ardres conclu avec la France, 17 juillet 1546 (n° 33). — Miniature attribuée à Holbein, représentant Henri VIII.

Ratification par Édouard VI, roi d'Angleterre, du traité de Boulogne, conclu avec la France, 25 mai 1550 (n° 35).

Ratification par Philippe II, roi d'Espagne, du traité de Cateau-Cambrésis, 7 avril 1559 (n° 36).

Traité de Blois, conclu entre Charles IX et Élisabeth, reine d'Angleterre, 19 avril 1572 (n° 38).

Traité d'alliance entre Louis XIII et Christine, reine de Suède, 19 avril 1633 (n° 41).

Vitr. 9. — Traité d'alliance entre Louis XIII et Gustave-Adolphe, roi de Suède, 13 janvier 1631 (n° 40).

Traité de Munster ou de Westphalie, 24 octobre 1648 (n° 44). — Sceau d'or de Ferdinand III.

Traité conclu entre la République française et la Suède, 14 septembre 1795 (n° 48).

Vitr. 10. — Traité d'alliance entre Louis XIII et les États Généraux des Provinces-Unies, 20 mars 1634 (n° 42).

Traité de la Haye entre la République française et les Pays-Bas, 26 mai 1795 (n° 47).

Traité de Bâle entre la République française et la Prusse, 17 mai 1795 (n° 46).

Traité de paix entre la République française et Victor-Amédée II, roi de Sardaigne, 15 mai 1796 (n° 49).

Vitr. 11. — Traité entre la République française et la République helvétique, 19 août 1798 (n° 51).

Traité de Tolentino entre la République française et le pape Pie VI, 19 février 1797 (n° 50).

Traité conclu entre la France et la Turquie, 1812 (n° 57).

Vitr. 12. — Traité entre la République française et la Porte ottomane, 15 juin 1804 (n° 53).

Convention entre la République française et les États-Unis d'Amérique, 30 avril 1803 (n° 52).

Traité entre Napoléon Ier et le roi de Perse Feth-Ali-Shah, 10 mai 1807 (n° 54).

Convention entre la France et la Perse pour une livraison de fusils, 21 janvier 1808 (n° 55).

Conventions signées à Erfurt entre Napoléon Ier et Alexandre, empereur de Russie, 12 octobre 1808 (n° 56).

Vitr. 13. — Adhésion de Ferdinand III, comme empereur d'Allemagne et comme archiduc d'Autriche, et de Ferdinand-Charles, archiduc d'Autriche, au traité de Westphalie, 7-10 novembre 1648 (n°s 111, 133).

Adhésion des Électeurs de l'Empire au même traité, 2 juillet 1650 (n° 116).

Vitr. 14. — Traité de Westphalie : adhésion de Maximilien de Bavière (n° 112), de Jean-Georges, duc de Saxe (n° 114), de Frédéric-Guillaume Ier, marquis de Brandebourg (n° 115), d'Éberhard III, duc de Wurtemberg (n° 110), de Frédéric V, marquis de Bade (n° 113).

GRANDE-BRETAGNE

Vitr. 15. — Confirmation de plusieurs donations à l'abbaye de Saint-Denis par Offa, roi des Merciens, 12 avril 790 (n° 58).

Restitution par Edgard le Pacifique, à l'abbaye de Saint-Denis, de l'argent, du sel et du bétail dont s'était emparé le roi Togred, 26 décembre 960 (n° 59).

Donation du domaine de Teinton à l'abbaye de Saint-Denis par Édouard le Confesseur, pièce rédigée en partie en anglo-saxon, 1059 (n° 60).

Donation de l'église de Derhest à l'abbaye de Saint-Denis par Guillaume le Conquérant, 14 avril 1069 (n° 61).

Lettre de Richard Cœur de lion au sujet du traité de paix conclu avec Philippe-Auguste, janvier 1196 (n° 62).

Traité d'alliance entre la France et Loelin, prince de Galles, xiiie siècle (n° 66).

Henri III, roi d'Angleterre, prend saint Louis comme arbitre dans son différend avec ses barons, 16 octobre 1263 (n° 64).

Vitr. 16. — Ratification par Robert Bruce du traité

conclu entre la France et l'Écosse, 12 juillet 1326 (n° 10).

Cartel adressé par Édouard III au roi de France, 27 juillet 1340 (n° 67).

Quittance de 400,000 écus payés à Édouard III par le roi de France, en exécution du traité de Brétigny, 24 octobre 1360 (n° 69).

Lettre du prince de Galles, dit le Prince Noir, portant confirmation du traité de Brétigny, 26 octobre 1360 (n° 70).

Réponse de Henri V aux ambassadeurs du roi de France sur le rétablissement de la paix, 6 juillet 1415 (n° 72).

Procuration donnée par les prélats, les grands et les communautés d'Écosse pour traiter du mariage de Marie Stuart et de François, Dauphin de France, 14 décembre 1557 (n° 76).

Lettre de Marie Stuart sur la mort de François II, premiers mois de 1561 (n° 77).

Vitr. 17. — Pouvoirs donnés par Henri VIII à l'archevêque d'York pour traiter du mariage de sa fille Marie et du renouvellement d'alliance avec François Ier, 18 juin 1527 (n° 75).

Pouvoirs donnés par Charles Ier à son ambassadeur pour traiter avec la France, 11 juin 1629 (n° 79).

Inventaire des effets et meubles de Henriette de France, reine d'Angleterre, fait après sa mort, 1669 (n° 80).

Note autographe de Jacques II déclarant que Charles II est mort dans la religion catholique (n° 81).

Relation des événements de 1688, écrite sous la dictée de Jacques II, 1689 (n° 83).

BELGIQUE

Vitr. 18. — Ratification par Philippe, comte de Namur, du traité de paix conclu entre Baudouin, son frère, comte de Flandre, et Philippe-Auguste, janvier 1200 (n° 2).

Notification de l'entrée de Henri, fils du duc de Brabant, dans l'ordre de Saint-Augustin, au monastère de Saint-Étienne de Dijon, 1er octobre 1269 (n° 85).

Engagement pris par les communes de Bruges et de Gand d'abandonner le comte de Flandre s'il manquait à ses conventions avec la France, février 1276 (nos 87 et 88).

Vitr. 19. — Conventions matrimoniales entre Jean de Namur, fils du comte de Flandre, et Blanche, fille de Philippe le Bel, novembre 1290 (n° 89).

Hommage rendu par Henri V, comte de Luxembourg, au roi Philippe le Bel, 12 novembre 1294 (n° 90).

Vitr. 20. — Ratification par le comte d'Egmont du traité conclu à Paris entre le roi Louis XII et Philippe le Beau, archiduc d'Autriche, 24 février 1499 (n° 19).

Vitr. 21. — Ratification par Antoine de Ligne du traité conclu entre Louis XII et Philippe le Beau, 24 février 1499 (n° 91).

Vitr. 22. — Ratification du traité de Cambrai par les États de Namur et par ceux de Brabant, 24 janvier-5 février 1530 (nos 27 et 28).

PAYS-BAS

Vitr. 23. — Les ambassadeurs de Jean Ier, comte de Hollande, s'engagent à obtenir de lui la ratification du traité par eux conclu avec le roi de France, 29 avril 1298 (n° 92).

Lettre des Elzevier à M. de Tercy, secrétaire d'ambassade à Hambourg, pour lui rendre compte de diverses commissions concernant des livres, 23 juillet 1638 (n° 96).

Déclaration des États Généraux des Provinces-Unies relative à l'exécution du traité d'alliance récemment conclu avec la France, 25 février 1641 (n° 97).

Vitr. 24. — Ratification du traité de Cambrai par les États de Hollande et par ceux de Zélande, 10 février 1530 (n°s 29 et 30).

ALLEMAGNE

Vitr. 25. — Confirmation par l'empereur Othon Ier de toutes les possessions de l'abbaye de Saint-Denis situées sur les terres de l'Empire, 15 octobre 980 (n° 99).

Vitr. 26. — Lettre de Frédéric II aux Siciliens pour les engager à prêter aide et secours au roi de France dans son expédition d'outre-mer; avec un sceau en or; novembre 1246 (n° 101).

Bulle d'or de Charles IV à l'occasion de l'émancipation de son neveu Charles, fils aîné de Charles V, roi de France, 5 janvier 1378 (n° 104).

Vitr. 27. — Règlement des démêlés de Rodolphe de Habsbourg avec Othon, comte de Bourgogne, septembre 1289 (n° 102).

Renouvellement d'alliance entre l'empire d'Allemagne et la France, 1414 (n° 16).

Vitr. 28. — Articles du mariage de Joachim Ier, marquis de Brandebourg, avec Renée de France, 1517 (n° 106).

Lettre de Charles-Quint au grand commandeur de Léon sur les fortifications de Saint-Sébastien et de Fontarabie, 28 mars 1539 (n° 108).

Contrat de mariage d'Élisabeth d'Autriche, fille de Maximilien II, avec Charles IX, 21 octobre 1570 (n° 109).

SUÈDE

Vitr. 29. — Ratification par Christine, reine de Suède, du traité d'alliance avec la France, 30 mars 1638 (n° 43).

DANEMARK

Vitr. 30. — Confirmation par Valdemar II, roi de Danemark, de la donation d'une partie de l'île de Fionie, faite par son fils à sa femme, 25 juin 1229 (n° 121).

Christian VII confère à Jean-Georges Wille le titre de graveur ordinaire du roi de Danemark, 22 janvier 1770 (n° 122).

NORWÈGE

Vitr. 31. — Procuration donnée à Audoin Huglace par Éric II, roi de Norwège, pour conclure une alliance avec Philippe le Bel, 24 juin 1295 (n° 124).

Reçu de 6,000 marcs de sterlings remis à Audoin Huglace, ambassadeur d'Éric II, par Philippe le Bel, comme prix de navires promis par le roi de Norwège, 22 octobre 1295 (n° 125).

Vitr. 32. — Ratification par Christian Ier, roi de Norwège et de Danemark, du traité d'alliance conclu avec la France, 20 septembre 1456 (n° 17).

Frédéric II, fils aîné de Christian II, roi de Norwège et de Danemark, est envoyé en ambassadeur à François Ier, 15 février 1519 (n° 126).

AUTRICHE-HONGRIE

Vitr. 33. — Lettre d'Albert, duc d'Autriche, relative à son projet de mariage avec une des filles de Philippe le Bel, 6 mars 1295 (n° 127).

Vitr. 34. — Contrat de mariage entre Bonne de Luxembourg, fille de Jean l'Aveugle, roi de Bohême, et Jean, fils aîné de Philippe de Valois, janvier 1332 (n° 128).

Vitr. 35. — Traité d'alliance conclu par Albert et Othon, ducs d'Autriche, avec la France, 7 avril 1338 (n° 11).

Envoi d'un ambassadeur à François Ier par Jean Zapolski, roi de Hongrie, 16 mai 1528 (n° 131).

Vitr. 36. — Lettres de noblesse accordées par Joseph II à Jonas de Wolff, d'Adlersthal, 17 juillet 1776 (n° 135).

ESPAGNE

Vitr. 37. — Donation du domaine de Fornelos à l'abbaye de Saint-Denis, par Alphonse IX, roi de Castille, 10 janvier 1194 (n° 163).

Traité d'alliance entre Jacques Ier, roi d'Aragon, et Raymond VII, comte de Toulouse, 18 avril 1241 (n° 164).

Vitr. 38. — Conventions matrimoniales passées entre Bérengère de Castille et Louis, fils de saint Louis, 20 août 1255 (n° 166).

Règlement conclu entre Alphonse IV, roi d'Aragon, et Philippe de Valois sur la procédure à suivre en cas de conflits sur mer entre leurs sujets, 2 novembre 1333 (n° 170).

Vitr. 39. — Alphonse X, roi de Castille, règle l'ordre de succession au trône, 5 mai 1255 (n° 165).

Vitr. 40. — Hommage rendu à Philippe VI par Jacques II, roi de Majorque, pour la ville de Montpellier, mai 1342 (n° 171).

Approbation par Alphonse XI, roi de Castille, du traité conclu par son fils Pierre le Cruel avec la France, avec sceau en plomb, 17 juillet 1346 (n° 172).

Vitr. 41. — Ratification par les villes de Valence et de Burgos du traité conclu entre l'Espagne et la France, 7-14 octobre 1493 (n°s 174 et 175).

Vitr. 42. — Ratification par la ville de Grenade du traité conclu entre l'Espagne et la France, 16 octobre 1493 (n° 176).

Vitr. 43. — Trêve de trois ans conclue avec la France par Ferdinand le Catholique et la reine Isabelle, 31 mars 1504 (n° 177).

Lettre de Charles-Quint au cardinal Carazolo, gouverneur du Milanais, sur les affaires de Gênes, 4 septembre 1537 (n° 179). — Voir la signature de Charles-Quint ci-contre.

Lettre de Philippe II à Charles-Quint sur la prise de Saint-Quentin, 28 août 1557 (n° 181).

PORTUGAL

Vitr. 44. — *Vidimus* par Denis, roi de Portugal, d'une bulle du pape Jean XXII sur un arbitrage entre le roi de France et les Flamands. 8 juin 1318 (n° 184).

Vitr. 45. — Notification par Alphonse III, roi de Portugal, de l'accord conclu avec Thomas, comte de Flandre, novembre 1241 (n° 183).

Procuration donnée par Alphonse IV pour le recouvrement d'une somme d'argent prêtée par le feu roi Denis, 18 mars 1325 (n° 185).

ITALIE

Vitr. 46. — Traité d'alliance conclu entre Pierre Gradenigo, doge de Venise, et Charles de Valois, frère de Philippe le Bel, 19 décembre 1306 (n° 145). — Bulle en or.

Vitr. 47. — Déclaration de Marguerite, reine de Jérusalem et de Sicile, relative au droit d'amortissement à elle accordé par Philippe le Bel, 20 janvier 1293 (n° 143).

Ratification par la ville de Palerme du traité conclu entre l'Espagne et la France, 10 mars 1493 (n° 154).

Vitr. 48. — Règlement pour un quartier de la ville de Venise, 1319 (n° 147).

Les Florentins supplient Charles VI, roi de France,

de retirer son appui à la ville de Pise, leur ennemie, 24 avril 1404 (n° 148).

SAINT-SIÈGE

Vitr. 49. — Privilège sur papyrus accordé par le pape Formose à l'abbaye de Saint-Denis, entre 891 et 894 (n° 137).

Vitr. 50. — Confirmation par Innocent II des privilèges de l'abbaye de Saint-Denis, 9 mai 1131 (n° 140).

Vitr. 51. — Confirmation par Innocent II d'une donation faite au prieur de Saint-Martin des Champs, 10 février 1130 (n° 138).

Confirmation par Innocent II de donations faites à l'abbaye de Saint-Victor de Paris, 2 juin 1130 (n° 139).

Interdit prononcé par Innocent III contre Bouchard d'Avesnes, 19 janvier 1216 (n° 141).

Vitr. 52. — Le pape Clément V se réserve le jugement du grand maître des Templiers et des principaux dignitaires, 19 octobre 1310 (n° 146).

Dispense de consanguinité accordée par Grégoire IX pour le mariage d'Alphonse, comte de Poitiers, et de Jeanne, fille de Raymond, comte de Toulouse, 27 mai 1236 (n° 142).

Vitr. 53. — Registre des actes de Martin V, 1417-1431 (n° 149).

Privilèges accordés aux Célestins de France par Eugène V, 8 juillet 1446 (n° 151).

Dispenses et indulgences accordées aux Célestins par Sixte IV, 10 juin 1472 (n° 152).

Vitr. 54. — Investiture donnée à Louis XII par Alexandre VI (Borgia) pour la moitié du royaume de Naples, 25 juin 1501 (n° 155).

Vitr. 55 et 56. — Concordat conclu entre Léon X et François Ier, 18 août 1516 (n° 156).

Bulle de Léon X portant abolition de la Pragmatique Sanction de 1438, 19 décembre 1516 (n° 157).

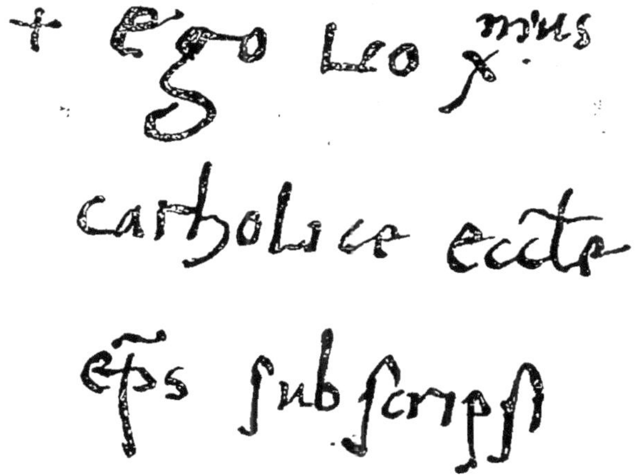

Vitr. 57. — Lettre d'Urbain VIII à M. de Bérulle, 23 février 1627 (n° 160).

Division nouvelle de la France en métropoles et diocèses après le Concordat conclu avec Pie VII, 29 décembre 1801 (n° 161).

RUSSIE

Vitr. 58. — Conventions conclues entre les ambassadeurs du tsar Alexis Mikaïlovitch, père de Pierre le Grand, et l'empereur d'Allemagne Léopold Ier, vers 1670 (n° 117).

Vitr. 59. — Notes de Paul Ier sur son voyage en France sous le nom de comte du Nord, mai 1782 (n° 119).

Lettre du comte Suwarow au marquis de Ruffo, écrite pendant la campagne de 1799, 18 juillet 1799 (n° 120).

ORIENT LATIN

Vitr. 60. — Cession à saint Louis par Alix, reine de Chypre, des droits pouvant lui appartenir sur les fiefs de Blois, Châteaudun et Sancerre, vendus au Roi par le comte de Champagne, novembre 1234 (n° 186).

Lettre de Baudouin, empereur de Constantinople, à la reine Blanche de Castille, demandant une des filles d'Élisabeth de Montaigu, pour la faire épouser au sultan d'Iconium, 1243 (n° 188).

Vitr. 61. — Le baile, le connétable et le maréchal de l'empire de Constantinople engagent la sainte couronne d'épines à Nicolas Quirino, 4 septembre 1238 (n° 187).

Cession par Henri Ier, roi de Chypre, de tous ses droits en Champagne et en Brie, à Jean de Brienne, son neveu, 1247 (n° 189).

Pouvoir donné par l'empereur Baudouin II à sa femme d'engager ses terres d'outre-monts et de France pour la garantie d'un emprunt, octobre 1248 (n° 190).

Vitr. 62. — Lettre des cardinaux de l'Église romaine à saint Louis sur un projet d'union de l'Église grecque et de l'Église romaine, 15 mai 1270 (n° 193).

Lettre des prélats de la Terre Sainte à Philippe-Auguste pour lui exposer leur état misérable et les dangers qui menacent le royaume de Jérusalem, avant 1187 (n° 196).

Vitr. 63. — Propositions d'alliance faites à Charles IV, roi de France, par Andronic II Paléologue, sans date (n° 199).

ÉTATS AFRICAINS ET ASIATIQUES

Vitr. 64. — Lettre de Mohammed VI, roi de Grenade,

à Martin, roi d'Aragon, l'assurant de son amitié, juillet 1402 (n° 173).

Lettre d'Abou Yousouf, roi de Maroc, à Philippe le Hardi, pour l'engager à prendre les armes pour soutenir Alphonse X, roi de Castille, contre son fils don Sanche, 24 octobre 1282 (n° 200).

Vitr. 65. — Lettre d'Argoun, roi mongol de Perse, à Philippe le Bel, lui annonçant les victoires des Mongols sur les Arabes d'Égypte, 1289 (n° 202).

Lettre de Tamerlan à Charles VI pour l'engager à envoyer des marchands en Orient, 30 juillet 1402 (n° 204).

Vitr. 66. — Lettre du sultan Soliman II à François Ier sur la protection accordée aux chrétiens dans ses États, septembre 1528 (n° 205).

Vitr. 67. — Firman du sultan Achmet Ier en faveur des chrétiens, avril 1604 (n° 209).

Cachet de Tamerlan.

Vitr. 68. — Testament de Ca-ro-li dè Pho-lo-ry (Charles de Fleury), missionnaire en Chine (n° 214).

Déclaration d'Abd-el-Kader s'engageant à ne plus retourner en Algérie, 30 octobre 1852 (n° 216).

ÉTATS-UNIS D'AMÉRIQUE

Vitr. 69. — Lettre de Benjamin Franklin à Georges Washington, lui recommandant le prince Emmanuel de Salm, colonel du régiment d'Anhalt, 25 mars 1780 (n° 220).

Lettre de Georges Washington au comte de Grasse sur les mouvements de l'armée navale française (copie du temps), 25 décembre 1781 (n° 221).

Lettres patentes du président Jefferson nommant James Monroë et Robert Livingstone pour traiter avec les envoyés de la République française des droits des États-Unis sur le Mississipi, 2 janvier 1803 (n° 222).

Rosace centrale du plafond de la chambre à coucher
du prince.

TABLE DES GRAVURES

ET DES FAC-SIMILÉS

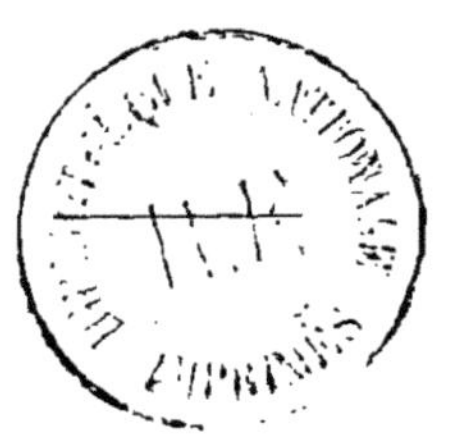

TABLE DES MATIÈRES

SOCIÉTÉ ANONYME D'IMPRIMERIE DE VILLEFRANCHE-DE-ROUERGUE
Jules Bardoux, Directeur.